Dort, wo die Berliner U-Bahn seit hundert Jahren ihre Netz spinnt, lernt Petr Bém, ein junger Prager Deutschlehrer, Pancho Dirk kennen, der von Musik besessen ist. Die beiden gründen eine Band und nennen sie »U-BAHN«, weil es um Schwärze, Krach und Tempo geht.

Fast zeitgleich verliebt sich Petr in Katrin, die Tochter eines Zugführers. Erst durch sie erschließt sich ihm der Bauch der Stadt – jener Stadt, die sich an der Oberfläche rasend schnell verwandelt, während in ihren Schächten und Tunneln unzählige Geschichten fortdauern. Wie ein moderner Orpheus taucht Petr mit seiner Gitarre in die Schattenwelt ein, zollt Bob Dylan Tribut, kämpft gegen die John-Lennon-Friedensmafia und tröstet den Zugführer Günter, dem fünf Selbstmörder auf der Seele lasten. Mit jedem Tag fühlt sich Petr mehr bei sich, in seinem neu entdeckten Rech.

Jaroslav Rudiš gelang mit seinem Debütroman in Tschechien ein überwältigender Erfolg. Kein Wunder, enthüllt er doch mit Witz und Poesie, was im Verborgenen liegt – eine faszinierende Stadt unter der Stadt.

Jaroslav Rudiš, geboren 1972, ist Schriftsteller, Drehbuchautor und Dramatiker. »Grandhotel«, nach »Der Himmel unter Berlin« sein zweiter auf Deutsch erschienener Roman, wurde 2006 verfilmt. Zuletzt erschien 2012 »Die Stille in Prag«, 2014 »Vom Ende des Punks in Helsinki«, sein fünfter Roman, »Nationalstraße«, erscheint 2016 im Luchterhand Literaturverlag. 2012/13 hatte Jaroslav Rudiš die Siegfried-Unseld-Gastprofessur an der Humboldt-Universität zu Berlin inne. 2013 lief die Verfilmung seiner Graphic Novel »Alois Nebel« (illlustriert von Jaromir99) in den deutschen Kinos an.

Jaroslav Rudiš

Der Himmel unter Berlin

Roman

Aus dem Tschechischen
von Eva Profousová

btb

Die tschechische Originalausgabe erschien 2002 unter dem Titel *Nebe pod Berlínem* bei Labyrint, Prag. Eva Profousovás Übersetzung ins Deutsche erschien erstmals 2004. Alle Rechte an der Übertragung ins Deutsche bei Rowohlt Verlag GmbH, Reinbek bei Hamburg.

Die Übersetzung wurde gefördert vom Literarischen Colloquium Berlin mit Mitteln des Auswärtigen Amtes und der Senatsverwaltung für Wissenschaft, Forschung und Kultur Berlin.

Die Songtexte CNN und Gargarin Pop wurden nachgedichtet von Wehwalt Koslovsky.

Dank an Mirko Kraetsch und an Jochen Buschmann für die Achse Prag-Berlin-Hamburg.

MIX
Papier aus verantwortungsvollen Quellen
FSC® C014496
FSC
www.fsc.org

Verlagsgruppe Random House FSC® N001967

1. Auflage
Genehmigte Taschenbuchausgabe April 2016

Neumarkter Str. 28, 81673 München
Umschlaggestaltung: semper smile, München
Umschlagmotiv: © Gallery Stock
Druck und Einband: GGP Media GmbH, Pößneck
SK · Herstellung: sc

ISBN 978-3-442-71331-8

www.btb-verlag.de
www.facebook.com/btbverlag
Besuchen Sie auch unseren LiteraturBlog www.transatlantik.de!

FÜR DENISA

Mein besonderer Dank
gilt dem Journalistenkolleg
der Freien Universität Berlin
für das Stipendium.

GERÄUSCHE

Es sind Geräusche, die einem in Erinnerung bleiben. Durch sie wird das Geschehene sortiert, verworfen und wieder gefunden. Die Welt ist ein Tonstudio, unsere Ohren die Antenne. Wir fahren, wohin sie uns lenken. Ich stehe am Fenster, den Hörer in der Hand, und warte.

«Mácha. Ich höre?» Ich sage: «Guten Tag. Bém hier. Herr Direktor, ich wollte sagen, dass ich heute Nachmittag nicht zur Besprechung komme. Ja ... morgen komm ich auch nicht ... Eigentlich nie wieder ... Also tschüs dann ... Und seien Sie nicht böse.»
Aus dem Hörer donnert es zurück: «Was ... Wie nicht ... Wer ... Was ist los ... Bém, was soll der Quatsch?»
Ich lege den Hörer auf den Rand des Blumentopfes, setze Kaffeewasser auf und lasse Mácha in die Pflanzen hineinblubbern.
«Hallo-Hallo-Hallo. Wie stellen Sie sich das vor? Ausgerechnet am Anfang des Schuljahres. Sind Sie noch da?

Mensch, was ist denn los? Wachen Sie doch auf ... Was Sie da machen, ist eine ziemliche ... Ich krieg noch 'ne ... Hallooooo ... Verdammt ...»

Klick.

Ein kurzer Moment Stille, zerstückelt durch ein schwaches Piepen am anderen Ende der Leitung. Dann pfeift der Wasserkessel, und hinter den Fenstern rattert der Bummelzug nach Nymburk.

Ich legte den Hörer zurück, goss Wasser auf, machte das Fenster zu. Und wartete ab, wann sich der Direktor der Grundschule in Jindřišská zurückmelden würde. Dass er sich melden würde, war mir klar.

Unter den Fenstern donnerte der Schnellzug nach Liberec, eine alte Diesellok, dahinter zwei gammelige Waggons.

Das Telefon klingelte zum zweiten Mal.

Wenn ich abnehme, werde ich wohl bleiben. Werde mich unterkriegen lassen. Ich bin keine Kämpfernatur.

Nach zwei Minuten klingelte es zum dritten Mal.

Ich habe nicht weggehen wollen.

Zum vierten Mal.

Ich habe weggehen müssen.

Ohne genau zu wissen, warum und wohin.

Ich machte mich auf, meine Sachen zu packen. Die Gitarre. Und die Stimmgabel. Schrieb einen Brief, wenn man die paar Zeilen so nennen kann: Lasst es euch gut gehen. Ich werde mich melden. Tut mir Leid. Ich muss weg und so weiter, aus der Hosentasche fischte ich etwas Geld heraus und legte es auf den Tisch. Das Sparbuch auch. Es hört auf das Passwort *Elvis ist tot*. Das stand auf der Klotür geritzt, im Bunker, wo Žeňa und ich uns die Nächte um die Ohren gehauen haben, als es dort anfangs so super gut lief. Žeňa fand es klasse.

Elvis ist tot.
Der Bunker ist tot.
Unsere damalige Band Drobný za bůra – Für eine Hand voll Wechselgeld – ist auch tot, und mein Bruder hat nie wieder eine andere Band gegründet. Dafür hat er eine Familie und eine Tapezierfirma gegründet.
Žeňa lebt.
Und bald nicht mehr allein.
Wahrscheinlich will ich deswegen weg. Weil ich Schiss davor habe.
Ich kippe den Kaffee aus, das Telefon klingelt wieder. Ich spüre die Hitze aufsteigen. Wenn ich nervös bin, höre ich besser und kriege davon manchmal Nasenbluten.
Das Blut tropft ins Waschbecken. Hinterm Fenster brummt die Rangierlok, sie schiebt die Postwaggons von einem Bahnhof zum anderen. Den Kopf nach hinten gebeugt, kucke ich nach oben, hinter den Boiler, und spüre, wie sich meine Kehle mit dem bitteren und klebrigen Saft füllt. Der Schimmelfleck an der Decke sieht aus wie Australien.
Ein monotones Dröhnen: Der Boiler hält die Zeit an.
Ich schließe ab und werfe den Schlüssel in den Briefkasten. Dreißig Sekunden später breche ich ihn mit meinem Taschenmesser wieder auf, hole den Schlüssel, öffne die Wohnung und prüfe, ob kein Wasser im Badezimmer läuft.
Es war abgedreht. Die Gasleitung auch. Das Telefon protestierte nicht mehr. Und das Radio schwieg. Der Ostrava-Express unter meinem Fenster legte an Geschwindigkeit zu. Neun, ach was, zehn Waggons! Ich knallte die Tür zu. Verließ das Haus und rannte unter den ausgestreckten Brückenpfeilern die Příběnická hinunter, bis zum Tunnel, der Straßenbahnen verschlingt und Wolken von Staub ausspuckt.

Hinter dem Tunnel liegt ein Park, neben dem Park ein Bahnhof. Von diesem Bahnhof aus fahren Züge in eine Stadt, aus der einst mein Onkel, der kein richtiger Onkel war, gekommen ist, und sein Auto, das kein richtiges Auto war, vor unserem Haus stehen ließ, um über die Mauer der westdeutschen Botschaft zu klettern, wo die Flüchtlinge weder Cola noch Dead-Kennedys-T-Shirts oder echte Levis verteilt bekamen, sondern nur Tee, Kaffee und belegte Brote.

Ich ging schnell. Dicht an der dunklen Tunnelwand entlang.

PANCHO DIRK

Pancho Dirk kenne ich seit zwei Monaten. Katrin seit einem. Pancho Dirk hat sie als Erster kennen gelernt. Ich war dabei, als er sie anbaggerte. Das hätte mich beinah das Leben gekostet. Und ich war dabei, als er versuchte, sie ins Bett zu kriegen. Das hätte ihn beinah die Ehre gekostet. Aber für Leute wie Pancho Dirk bedeutet ein Laufpass noch lange nicht das Aus.

Wir sind uns in der U-Bahn begegnet, wie man hier die Metro nennt. In der U5 sind wir uns begegnet, am Bahnhof Weberwiese. Beide hatten wir eine Gitarre dabei, ich Zigaretten, er das Feuerzeug.

Er fragte, wo ich her sei, und ich war der erste Tscheche, den er je im Leben gesehen hatte, allerdings stellte sich bald heraus, dass er damit das Leben nach 89 meinte, denn vorher war er öfters mit seinen Eltern am Mácha-See und in der Hohen Tatra gewesen. Bestimmt die Sorte ostdeutsche Touris, die zum Lungenbraten mit der obligaten

Sahnesauce Pommes und zum Schnitzel Knödel mit Rotkohl bestellt haben, noch heute kriegen die Kellner davon einen Rappel, genauso wie die tschechoslowakischen Touris einen Rappel kriegten, als sie auf Rügen zwei Stunden lang vor einem Wirtshaus anstehen mussten, bloß um Schnitzel mit brauner Sauce und ein kleines Bier mit grünem Sirup vorgesetzt zu bekommen. Mein Vater sagte, daran könne man sehen, wie unterschiedlich doch unsere beiden Kulturen sind, die tschechische und die ostdeutsche.

Pancho Dirk sagt, jetzt habe man kein Geld mehr fürs Reisen, und wenn, dann würde er lieber ans Meer oder nach Amsterdam fahren, der Osten würde immer mehr verosten. Er fragt mich, was es denn in Tschechien Tolles gebe, außer Prag natürlich, *der goldenen Stadt an der Moldau*, und da klingt er plötzlich wie ein Neckermann-Reiseleiter.

Prag ist nicht golden. Prag ist tot. Zumindest für mich. Ich frage ihn, was es in Berlin Tolles gebe. Uns beiden fällt nichts Nennenswertes ein. Nichts, was toller wäre als das übliche Zeug – Bier, alte Brücken oder junge Frauen. Höchstens, dass in Prag die Metrostationen alle wie Krematorien wirken, während die Berliner U-Bahnhöfe dem Auge mehr Abwechslung bieten: Der eine sieht aus wie Neuschwanstein, ein anderer wie ein verlassener Bunker, ein dritter erinnert an ein gekacheltes Badezimmer. Damit meine ich den Bahnhof Weberwiese.

Pancho Dirk fragt, was für Pläne ich habe, wo ich wohne und so weiter, worauf ich sage, dass ich vor einer Woche gekommen bin, mir in Friedrichshain ein Hostelzimmer mit drei Amerikanern teile, die kein Bier trinken, sondern nur Hasch rauchen und sich über dem Stadtplan streiten, wo genau der West- und wo der Ostsektor gewesen ist und

wie lange man wohl brauchen würde, um die Berliner Mauer zu überwinden, wenn die noch stünde. Vor lauter Kiffen haben sie von Berlin noch nichts gesehen, mit Ausnahme des Stadtplans.
Und dann erkläre ich Pancho, dass mein Plan darin besteht, keinen Plan zu haben, und er bietet mir an, bei ihm zu übernachten, und am nächsten Tag bietet er mir an, einfach dazubleiben, kosten würde es 280 im Monat, bloß im Winter müsse ich für die Kohle was drauflegen, aber der Winter sei im Moment noch weit weg, obwohl, wie weit entfernt er jetzt auch immer sei, so lange würde er dann dauern, darauf sollte ich mich gefasst machen, doch jetzt sei erst September, ich könne das Zimmer also inklusive Couch, Schrank, Tisch und Stuhl ruhig nehmen.
Darauf ließ ich mich ein.
Eine Woche später bot er mir an, ihm ab und zu bei Umzügen zu helfen, gerade sei ihnen einer ausgefallen, auf diese Weise könne man in zehn Tagen Geld für einen Monat bequemes Leben verdienen, in der U-Bahn spiele er nur, um in Form zu bleiben. Und dann beschlossen wir, eine Band zu gründen, da wir ohnehin die gleichen Idole verehrten: Bowie, die Ramones oder Iggy Pop. Pancho hatte sogar einen geheimen Probenraum.
Er schlug auch gleich vor, die Band U-BAHN zu nennen, weil wir uns da kennen gelernt hatten. Und weil der Name alles beinhaltet, was für eine Punk-Rock-Band von Bedeutung ist, also Schwärze, Krach und Tempo. Auch darauf ließ ich mich ein.

Jetzt steht er neben mir und kocht Kaffee. «Ein echter Kaffee muss im Herzen Trommel schlagen, wie gute Akkorde auch.» Pancho füllt die Espressokanne bis zum Rand,

schraubt den oberen Teil auf, macht den Herd an und wartet, lässig an den Herd gelehnt.
Pancho Dirk wartet ständig. Auf eine Frau, auf einen Job, auf eine Band, mit der er endlich den Durchbruch schafft. Er ist ein Jahr jünger als ich. Wurde in Thüringen geboren, in Mühlhausen, hat das Abi und steht auf Frauen.
Warum er sich Pancho Dirk nennt, wenn er Dirk Müller heißt? Weil er ein großer Spieler ist.
Eine Freundin von ihm erzählte mir später, er habe als Helfer für das Rote Kreuz ein halbes Jahr in Macondo verbracht. Sie erzählte es voller Bewunderung.
«Verstehste? Ein ganzes halbes Jahr hat er dort Mullbinden zugeschnitten, Mücken bekämpft und Vitamine an Indianer verteilt. So was würde ich nicht bringen», sagte Ulrike und tauchte ihre Nase ins Bier, die Augen auf Pancho Dirk geheftet, der sie gar nicht wahrnahm.
Bierschaum rann ihr über das Kinn.
«So was würde ich nicht bringen», wiederholte sie.
Ulrike war nicht auf den Kopf gefallen. Über Macondo hatte sie lang und breit nachgedacht. Auf der Karte Südamerikas habe es noch niemand entdeckt.
Ich sagte ihr, das habe noch gar nichts zu bedeuten. Wenn die Geschichte es verlangt, müssen selbst Karten manchmal lügen. Man nehme nur all diese Stadtpläne aus der DDR-Zeit. Anstelle Westberlins zeigten die doch nur einen weißen Fleck. Als ob inmitten der Stadt ein riesiger Krater oder See vor sich hin starren würde. Hinter der Mauer war etwas gewesen, das nicht existieren durfte. Und trotzdem war zu hören und zu spüren, wie es atmete, seufzte und schrie, wie es sich wand und spannte, wie es stank und duftete.
Wie gesagt, Pancho Dirk steht auf Frauen. Seine Leiden-

schaft gilt zwar der Musik, aber sein größtes Hobby ist Ficken. Punk-Rock dient als Mittel zum Zweck. Wie ein neuzeitlicher Minnesänger greift Pancho Dirk zu seiner E-Gitarre, um das Frauenherz bloßzulegen und zu stoßen und zu stoßen.

Keiner würde es je zugeben, doch hinter der Gründung jeder bedeutenden Band stand stets das Ficken. Nur deswegen schwitzten sich die Stones oder die Beatles auf der Bühne halb tot – um sich einen halbwegs melodischen Song abzuringen, den sie dann als Köder hinwarfen … Nur mit wahrer Hingabe kommt man ans Ziel.

Wer, wie ich immer, behauptet, er mache das bloß aus Spaß, lügt. Auch ich habe nur das eine im Sinn. Aber es zuzugeben fällt nicht leicht.

Die Eroberung, Erprobung, Unterwerfung und Entsorgung einer Frau teilte Pancho Dirk in drei Phasen ein.

Die erste nannte er Kontaktaufnahme.

Diese Phase umfasste alles vom ersten Blickwechsel über das Flirten inklusive Tuchfühlung bis zum Angebot, den Club oder die Bar zu verlassen, um hinter der Tür von Panchos Wohnung in der Zelterstraße 6 zu verschwinden. Im gleichen Eingang soll mal Nina Hagen gewohnt haben, was Pancho Dirk als Wink des Schicksals auslegt. Damit allein hat er sogar die eine oder andere Frau ködern können.

Die zweite Phase nannte er Montage.

Sie schloss den Akt an sich ein. Da es sich um die wichtigste Etappe des ganzen Spiels handelte, wurde sie in mehrere Schritte unterteilt. Das alles hatte sich Pancho Dirk in ein Heft notiert, das er unter seinem Bett versteckte.

Die letzte Phase nannte er Demontage.

War das Material ermüdet, ließ die Spannkraft nach oder erwies sich die Montage als reine Routine, wurde die Frau einfach weggeschickt, nachdem man ihr eingeschärft hatte, bloß nicht zurückzukommen. War diese Phase aber spannend, ja innovativ verlaufen, zeigte sich Pancho Dirk durchaus bereit, die Montage fortzusetzen: Er gab der Frau seine Telefonnummer.

Im Idealfall wurde die Frau auf Stand-by gebracht, so, wie man abends die Glotze ausmacht, um sie am nächsten Morgen beim Frühstück einfach anschalten zu können.

«Und das ist die größte Schinderei», verriet mir Pancho Dirk.

So cool, wie Pancho Dirk tut, ist er nicht immer.

Einmal saßen wir in der U-Bahn, und er musste plötzlich, ganz dringend. Kein Wunder, denn davor im Café M, als wir unsere Band-Philosophie diskutierten und Frauen ins Visier nahmen, die nach uns, vor allem aber nach ihm kuckten, hatten wir mehr als ein Bier getrunken.

Und nun steckten wir ohne Strom in der U2 fest, irgendwo zwischen Alex und Rosa-Luxemburg-Platz.

Zehn Minuten.

«Wir bitten noch um etwas Geduld», krächzte der Lautsprecher.

Pancho Dirk schlug die Beine übereinander. Ich konnte sehen, dass er litt. Neben mir lag eine aufgeschlagene Boulevardzeitung – in Berlin wie in Prag die beliebteste U-Bahn-Literatur.

Um Pancho auf andere Gedanken zu bringen, begann ich daraus vorzulesen. Doch die Meldung, der Herr der Erdkugel sei beim Fußballkucken beinah an einer Brezel erstickt, zog nicht. Ebenso wenig die Information, die Rentnerin M. D. habe am Parkplatz vor dem Steglitzer Supermarkt beobachtet, wie ein bärtiger Terrorist einen Zentner Kartoffeln in seinen Kofferraum schaufelte. Zum Lachen brachte ihn nicht einmal, dass die Berliner Polizei vierundvierzig Polizeipferde der Schlachtbank opfern musste, weil der Senat komplett pleite war. Nicht einmal über die für den Transport zum Schlachthof notwendigen Mittel verfügte er.

Achtzehn Minuten.

«Wir bemühen uns, die Störung so rasch wie möglich zu beheben.»

Pancho Dirk lief rot an. Nervös kaute er auf seinen Lippen herum.

Die Meldung, aufgrund des finanziellen Engpasses müsse der Senat auch das Polizeiorchester auflösen, welches den Ruhm der Berliner Polizei bis nach Petersburg, Madrid und zum Kmoch-Festival in Kolín verbreitet hatte, brachte Pancho Dirk auch keine Linderung. Der Held von Macondo konnte diesmal von Glück reden, dass hier keine Frauen Maulaffen feilhielten.

Mit jedem Augenblick schien er einer Ohnmacht näher zu sein.

Fünfundzwanzig Minuten.

«Leider konnte die Störung immer noch nicht behoben werden. Bitte bewahren Sie Ruhe.»

Pancho Dirk stand auf und klopfte an die Tür zum Zugführerraum. Er flüsterte dem Mann dahinter etwas ins Ohr, der aber schüttelte nur den Kopf.

«Nein?», rief Pancho Dirk und lief noch röter an.

«Nicht mal 'ne Dose, 'ne stinknormale Cola-Dose? Dann lassen Sie mich in den Tunnel raus. Ich kann nicht mehr!»

«Auf keinen Fall. Unter normalen Umständen ist das strengstens untersagt. Aber … wenn du bei der Stromleitung aufpasst. So weit wie möglich vom Zug!» Der Fahrer

wurde lockerer, als er sah, dass wir im ersten Wagen die Einzigen waren.
Der Seitentür entwich zischend die Luft. Pancho Dirk auch. Er beugte sich nach hinten, fummelte am Hosenlatz, irgendwie ging das nicht, verdammte Knöpfe, der Zug hupte und setzte sich in Bewegung. Die Tür fiel zu.
«Scheiße», schrie er. Das brachte Linderung.
Pancho Dirk fragte mich: «Was will der amerikanische Präsident mit den Pferden?» Dann fuhr er nach Hause, um sich umzuziehen.
Ich holte mir einen Döner.
Eine halbe Stunde später war Pancho Dirk wieder da. Weite Jeans, schwarzer Pulli, Lederjacke. Er warf den Seitenscheitel zurück, ganz der Coole.

Die Frau, die in der Glastür des *Clubs der Polnischen Versager* stand, hatte ihn bestimmt sofort bemerkt, mich jedenfalls nahm sie kein bisschen wahr. Dünn und lang stand sie da, leicht gekrümmt, sie trug ein schwarzes T-Shirt mit rotem Stern und einen engen Rock. Über ihrem schmalen Gesicht leuchtete das helle Haar wie eine Krone. Meine Großmutter würde sagen: eine Naschkatze und dass solche Frauen ja bekanntlich nicht viel taugten. Warum aber Männer wegen solcher Frauen andere Frauen verlassen, konnte meine Großmutter nicht erklären, und ich hätte mich auch nie getraut nachzufragen. Überhaupt traue ich mich meistens nicht zu fragen.
Pancho Dirk versuchte so zu kucken, als kucke er überhaupt nicht, aber ich kenne ihn schon viel zu gut. Seine Augen glänzten.
Wir bestellten Wodka. In den Lautsprechern pulsierten Loops der polnischen Band Im Angesicht Der Zivilisation

Stehen Wir. Wir standen im Angesicht einer niedrigen Bar, über die sich gedämpftes blaues Licht ergoss. Auf dem Kühlschrank stapelten sich Flaschen kreuz und quer. Das Bier war wahrscheinlich warm. Auf dem Herd köchelte Bigos vor sich hin, der ganze Raum roch etwas säuerlich, ähnlich wie der Schimmel, den ich in meinem Žižkover Badezimmer zurückgelassen hatte. Wir bestellten noch zwei Wodka.

Pancho Dirk tanzte ab. Ich schloss die Augen und dachte an jenen Sommer, als ich unterwegs nach Estland an den Masurischen Seen Halt gemacht hatte, und an die stämmige Polin, mit der ich die ganze Nacht bis zum Morgengrauen durchgesoffen hatte.

Wir lagen auf dem Rücken, die Nasenspitzen in den Himmel gebohrt. Während sie sich mit Dunkelheit füllten, redete die Frau, Marina hieß sie, unentwegt.

«In Polen gibt es zwei Sorten Mann. Die eine kommt mit einer Flasche Wodka zur Welt, das ganze Leben lang säuft sie und raucht, um dann an Lungenkrebs zu krepieren wie mein Opa. Die andere wird mit einer Kippe im Maul geboren und geht an ihrer Säuferleber zugrunde. So wird mein Vater enden.»

Allen hier Anwesenden müsste das bekannt vorkommen. Vielleicht sogar allzu bekannt.

Die Musik floss von Ohr zu Ohr, wand sich durchs Hirn und füllte die Seele mit Melancholie. Ich warf den Kopf zurück und kippte den Wodka runter.

Als ich die Augen wieder aufmachte, stand eine verhärmte Vierzigjährige in abgerissenem Trägerkleid und weißem Pelzmantel vor mir. Sie sagte keinen Ton. Abrupt schob sie mir eine Nummer der Obdachlosenzeitschrift *Die Stütze* vors Gesicht. Ich lehnte höflich ab.

«Kauf's doch, du Arsch. Oder du weißt schon, was Bautzen ist?», schrie mich ein untersetzter Typ an, zirka Ende dreißig, mit kurzen Locken und auffallend kleinen Augen. So klein, dass sie kaum zu erkennen waren.
«Du weißt, was Bautzen ist, Blödmann? In der Schule ihr habt das nicht gelernt! Kannst darüber dort was lesen! Aber du weißt immer Bescheid, was?»
Alle wussten Bescheid, nur ich nicht. Das war Igor. Und Igor liebte Terror.
Und Bautzen?
Ich suchte die Festplatte in meinem Kopf ab, Verzeichnis Geographie und Geschichte. Es ging, wenn auch etwas schleppend, weil mein Hirn immer tiefer im Zubrowka versank.
Bautzen? Bautzen ... Bautzen!
Da ist es also:
I. Stadt in der Lausitz, die einst zu den Ländern der Böhmischen Krone gehörte. Heute das östliche Ende von Euroland.
II. Frühere Bezeichnung: Budissin; tschechisch: Budyšín.
III. Sehenswürdigkeiten: die schöne Burg, mit einem Turm, der jederzeit ins Tal herabzustürzen droht. Einmal waren wir mit unserem Onkel dort. Er hat uns Bratwurst ohne alles gekauft, weil am Stand das Brot ausgegangen war.
IV. Wichtiger Eisenbahnknotenpunkt.
V. Nationale Minderheiten: Lausitzer Sorben; manche von ihnen sprechen noch Sorbisch und verfassen sorbische Bücher.
VI. Einst das berüchtigtste politische Gefängnis der DDR, wohl schlimmer als Valdice und ekliger als Mírov.

Keiner wusste, warum Igor immer wieder von Bautzen anfing. Nicht, dass man sich nicht getraut hätte, ihn zu fragen, aber es hat keinen interessiert.
Igor war sensibel. Igor war ein russischer Jude. Igor kam aus Moskau, wo er sich als Zeitungsschreiber versucht hatte. Igor mochte die Deutschen nicht, sie hatten die Hälfte seiner Vorfahren hingemetzelt. Die Russen mochte er auch nicht, unter Stalin hatten sie die andere Hälfte totgeschossen. Vor allem aber mochte Igor die Westdeutschen nicht. Diese digitalen Besserwisser, die sich das Leben hinterm Stacheldraht in etwa so gut vorstellen konnten wie wir das Leben auf dem Mars. Diese Großkotze, nach deren Pfeife hier alle tanzen mussten, auch er als Emigrant, der von der Stütze lebte.
Anfang der Neunziger hatte Igor seinen Koffer samt Schreibmaschine gepackt und war in den Zug gestiegen, um sich in Marzahn niederzulassen. Vielleicht gefiel ihm der Name – erinnerte ihn an Marzipan. Wurzeln hat Igor allerdings nicht geschlagen. Das Schreiben ging ihm nicht von der Hand, auf eine richtige Arbeit war er nicht heiß, und sein schleppender slawischer Akzent wehte ihn von ganz allein weit in den Osten zurück. Das war Igor bewusst, und so redete er nicht viel. Nur zu sich selbst oder ein paar Freunden.
Meistens schwieg er, ging häufig an die Spree und sah, wie sich sein Gesicht in der Wolga widerspiegelte. Er aß deutsche Soljanka mit zerschnippelten Würstchen und roch russischen Borschtsch. Er lebte hier und auch wieder nicht. Aber zurück wollte er um keinen Preis. Igor wurde immer bitterer. Das alles erklärte mir später Pancho Dirk.
Wenn Igor getrunken hatte, riss er das Maul auf und ließ seine gestaute Wut ungefragt in die Umgebung schwappen.

Igor trank häufig. Dann floss ihm der Wodka nicht in den Magen oder in die Leber, sondern stieg ihm in die Wangen. Derart aufgedunsen waren sie, dass seine Augen darin fast spurlos versanken.

«Hey du! Du weißt, was Bautzen? Woher kommst du, Lümmel? Aus München!?! Wer denkst du, du bist, du Bayerisch-Affe?», schrie Igor mich an, und all die polnischen und nicht polnischen Versager, Schiffbrüchigen und Loser, die aus der ganzen Welt in diesen Club geströmt waren, sie alle drehten sich um und warteten grinsend auf die Theatervorführung, in der ich neben Igor die Hauptrolle spielte. Pancho Dirk tanzte auf der anderen Seite, eine Flasche Bier in der Hand, und überließ mich meinem Schicksal. Beziehungsweise Igors Schicksal. Die dünne Frau mit dem roten Stern lachte ihn an, und ab und zu warf sie mir einen Blick zu. Sie schien ebenfalls zu warten. Pancho Dirk flüsterte ihr etwas ins Ohr.

«Ich? Ich, na ja, ich komme aus Prag, aus Žižkov», stammelte ich, als Igor mich an der Gurgel packte.

Igor hielt inne.

«Gutt. Gutt, du Maladets. Dann du weißt, was Bautzen. Du weißt Bescheid über furchtbaren Kommunismus. Nicht wie der Pack hier!», schrie er. Er ließ mich los und patschte mir mit seiner verschwitzten Hand in den Nacken.

«Davaj vodku popjom, jetzt trinken wir. Mein Nachbar immer sagte, er hat die Tschechoslowakei zweimal gerettet. Einmal von die germanski Faschisti, 1945, und einmal von die amerikanski Kontrarevollutioneri, das 1968. Das erste Mal hat er viel Armbanduhr mitgebracht, das zweite Mal Jeans, und immer schöne Erinnerung an Frauen, sie legten sich von alleine unter ihn, mein Nachbar war schöner Mann, russki Marlon Brando, vielleicht er hat Haufen Kin-

der bei euch, weil, wenn mein Nachbar geschossen, dann hat er auch getroffen. Er immer sagte, die Slawen müssen zusammenhalten, das ist unsere einzig Chance in der Welt, unser Schicksal und Rettung vor die germanski und amerikanski Hydra. Ich damals schmunzelte, aber heute glaube ich, er war Recht. Ach damals ... eine Armbanduhr hat er mir geschenkt. Aber sonst Nichtsnutz», sagte Igor, dann zog er sich wie eine Spinne in ihr Versteck in seinen Sessel in der Ecke zurück.
«Und du lass ihn. Nichtsnutz!», schrie er Pancho Dirk zu, der sich in der gleichen Ecke mit der wunderschönen Frau hin und her wiegte. Sie hing an seinem Hals und streifte mich ab und zu mit Blicken.

Wir gingen zur U-Bahn. Nächster Zug erst in zwanzig Minuten! Also machten wir uns auf einer Bank breit, sogen die dicke Luft ein und hörten dem Surren der Ventilation zu. Auf der Anzeigentafel blinkte orange eine Entschuldigung. Pancho Dirk rauchte. Abwechselnd lutschte er an seiner Bierdose und umarmte den roten Stern.
Er war betrunken.
Sie auch.
Und ich erst.
Er erzählte ihr, dass er in Macondo beinah an Schlaflosigkeit erkrankt wäre, eine Erfahrung, die ihr besser erspart bleiben sollte. Und dass der amerikanische Präsident vierhundert Pferde erschießen lassen wollte, weil der Krieg immer teurer wird und der Regierung das Geld ausgeht. Den Trauerakt würde das Berliner Polizeiorchester begleiten.
Der rote Stern blickte ins Leere, als wisse er weder über das hier Bescheid noch darüber, was passieren würde, wenn später die Tür von Panchos Zimmer hinter ihm zufiele.

Aber ich wusste inzwischen, dass der rote Stern Katrin hieß und nichts und niemanden liebte außer Island.

Welche Phase Pancho Dirk mit Katrin erreichte, weiß ich nicht genau. Aber weit konnten sie nicht vorgedrungen sein.
Sie verschwanden hinter der Tür. Dann muss Katrin wohl unter das Bett gegriffen und das Heft herausgeholt haben. Sie begann darin zu lesen. Laut. Und dann begann sie, noch lauter zu lachen: «Pancho, du bist vielleicht 'n Blödmann! So was hab ich noch nie erlebt, was du da zusammenschreibst.»
Theatralisch getragen las sie vor: *Lucy, 28. Im Bett kein besonderes Engagement, weder selbständig noch spontan. Erfahrungshorizont gleich null, an mir gemessen sowieso. Kein Orgasmus, dafür eine Menge Gefühlsduselei ...*
«Pancho, was bist du für 'n Idiot ...», lachte Katrin auf der anderen Seite der Wand. «Ja, Männer sind eben doch nur Nähmaschinen.»
Ich schwebte schon auf halbem Weg zum Traumhimmel, aber Katrins Lachen zog mich wieder herunter. Ich ging in die Küche, um eine zu rauchen, wegzuhören war unmöglich.
«An dir gemessen sowieso, ja? Na, das möchte ich mal sehen, bloß nicht heute, da müsste ich mich wegschmeißen vor Lachen, morgen auch nicht, da müsste ich immer noch lachen ... Meinst du in echt, dass ich mit dir ins Bett wollte? Ja ... wollt ich.»
Das brachte Pancho Dirk aus der Fassung. Wortlos zog er seine Jacke an und ging zum Nachtbus, der ihn in die Stadt bringen sollte. Vielleicht zu einer anderen Tür, vielleicht zu einer anderen Frau, vielleicht nur auf ein Bier.

Katrin kam in die Küche, sah mich an, und vor lauter Verlegenheit fing ich an zu lachen. Da wurde sie ganz steif. Zog eine Zigarette aus der Schachtel, zündete sie an und musterte kritisch unsere vier Küchenwände.
Sie lehnte sich an den Kühlschrank: «'ne ziemlich üble Bude, die ihr da habt. Immerhin ist das Klo geputzt, sonst ist so eine Männer-WG doch ein einziger Unfallbereich. Was die Hygiene betrifft, meine ich. Kein Bock auf irgendwelche Filzläuse. Wie seid ihr überhaupt zusammengekommen, dieser Pancho und du?»
«Es gibt Dinge, die kann man sich nicht aussuchen», sagte ich und erzählte ihr von unserer schicksalhaften Begegnung am Bahnhof Weberwiese.
«Ach. Wie romantisch.» Katrin rümpfte spöttisch die Nase. «Zwei Loser trollen sich so lange durch die Welt, bis sie übereinander stolpern. Und das ausgerechnet hier. Kommst du wirklich aus Prag?»
«Ja. Schon mal da gewesen?»
«Einmal, mit meinen Eltern ... aber ich weiß nur noch, dass es Sommer war, wir standen aufm großen Platz mit so 'ner riesigen Ritterstatue, Papa erzählte was von sowjetischen Soldaten, die dort mit Maschinengewehren herumgefeuert hätten, bis ich Angst kriegte und das Eis runterfallen ließ. Mama wollte mir kein neues kaufen, weil dort am Stand 'ne schrecklich lange Schlange war. Ich muss so ungefähr sieben gewesen sein, das Eis war ganz anders als bei uns, Wassereis, lila mit Heidelbeergeschmack. Den Geschmack hab ich immer noch auf der Zunge. Das ist Prag für mich – Heidelbeereis und ein komisches Gefühl von Angst. Und du, bist du früher schon mal in Berlin gewesen?»
«Ja, öfters. Das erste Mal war ich auch nicht viel älter als

du, wir sind zu meinem Onkel gefahren, der in Köpenick wohnte. Und dann sind wir ins Zentrum, mit der S-Bahn zum Alex ...»

«Echt? Und woran erinnerst du dich noch?»

An den riesigen Turm, sage ich, von oben habe die Stadt ausgesehen wie aus einem Baukasten. Und an den Palast der Republik, wo wir ein Eis gegessen hatten; den brachte uns der Onkel später als Geschenk mit, so eine Plastikschachtel, im Sandkasten haben wir daraus eine Piratenstation gebaut und dann mit einer Schleuder zerschossen.

Das war im Sommer, wir waren in unserer Hütte in Jeseníky, und mein Onkel kam mit seiner ganzen Familie zu Besuch, sie waren unterwegs in die Tatra. Er wurde schrecklich wütend, wir sollten diese Ruine sofort wegschaffen, bevor jemand sie entdeckte, ständig linste er über den Zaun, ob wir auch ja nicht beobachtet werden, das Symbol der DDR hätten wir zerschossen, das Symbol des Friedens, ob wir überhaupt wüssten, was das ist, Frieden? Mein Onkel hatte felsenfest an die DDR geglaubt, auch wenn er wenige Jahre später seinen Trabi vor unserem Plattenbau abstellen und über die Mauer der westdeutschen Botschaft klettern sollte.

«Ich kann mich vor allem an Gerüche erinnern. Ich weiß nicht, woran das liegt, aber schon immer konnte ich mich besser an Geräusche und Gerüche erinnern. Zum Beispiel an den Gestank der Bratwürste, das verbrannte Öl, das ganz anders verbrannt roch als bei unseren Würstchen. Und dann der schwere Geruch der U-Bahn, mindestens so gut wie der von Benzin.»

«Das mit den Gerüchen kenn ich. Als Kind bin ich heimlich auf Lösungsmittel abgefahren, fast wie ’n Junkie», lächelt Katrin.

«Da stand ich schon mehr auf Teer.»
«Teer – das ist zu hart. Teer stinkt wie ... Ist dir aufgefallen, wie's hier in der U-Bahn nach Teer stinkt?»
Ich nicke und erzähle Katrin, wie ich mich als Kind in der U-Bahn verlaufen hatte. Keine Ahnung, wie das passieren konnte. Meine Mutter hielt mich an der Hand, und plötzlich hielt ich mit dieser Hand die Stange an der Tür fest und fuhr in einem Waggon inmitten von völlig fremden Menschen. Ich weiß noch, wie ich mich nicht entscheiden konnte, ob ich losheulen oder lieber so tun sollte, als ob nichts wäre. Der Zug fuhr oberirdisch in die Endstation ein, rundherum nur Plattenbau, wirklich das Ende der Welt, ich stieg auf der gegenüberliegenden Seite wieder ein und fuhr ins Zentrum und dann wieder zurück, und immer so weiter bis zum Abend, nicht einmal aufs Klo musste ich, auch Hunger hatte ich keinen, ich zählte die Stationen und freute mich, weil man während der Fahrt die Türen öffnen und in den Tunnel spucken konnte, das war in Prag nicht möglich. Manchmal ging das Licht aus, manchmal blieb der Zug im Tunnel stehen, vielleicht für zehn Minuten sogar, und jemand öffnete die Tür, weil man im Waggon sonst keine Luft mehr kriegte.
«Hast du keine Angst gehabt?»
«Nein. Ich hab mich doch aufs Spucken konzentriert.» Und mir die Leute angeschaut. Die Frauen trugen damals Handtaschen aus Plastik, und bei jedem Mann ragte aus der Hosentasche ein gelber oder roter Plastikkamm hervor. Die Füße steckten in Riemensandalen, wie ich sie sonst nirgendwo gesehen hatte. Daran habe ich später in Prag auch immer sofort jeden Zirkler erkannt.
«Wen?»
«Zirkler halt.»

So nannten wir die Gestalten aus der DDR, die über die Karlsbrücke spazierten. Wegen der Flagge mit diesem Riesenlogo – Hammer, Zirkel und drum herum der Ährenkranz. Mein Bruder und ich, wir fanden das große Klasse, unsere Band übernahm prompt das Logo … und damit feierten wir unsere ersten Erfolge. Katrin erkläre ich, dass wir uns Drobný za bůra nannten und unter der ostdeutschen Flagge spielten, weil dieses Logo für uns den Inbegriff geistiger und körperlicher Kraft darstellte, genauso wie unsere Musik.

Dem Publikum erzählten wir, wir kämen aus Saßnitz, und sangen deutsch-tschechisch. Auf die Plakate schrieben wir:

Drobný za bůra – Made in Goethe Europe.

«Und was habt ihr gesungen?», fragt Katrin.

Ein Lied kommt mir ganz dunkel in Erinnerung, das brachte Wahadlo mit, unser Sänger. *Schnitzel und Bier, das ist dein Stil … DDR ist der Kosmos meiner jungen Jahre, da, wo ich mich nie verfahre, so bin ich niemals ganz allein, stopf ich auf Rügen meine Bratwurst in mich rein …* Das Lied hieß *Rügen 1988*.

Der größte Hit aber war eindeutig *Ajn cvaj*, da schrie Wahadlo: *Eins, zwei, Ich haab'n Daibel, Eins, zwei, Ich bin der Luzifähr*, die Frauen im Publikum gerieten dabei ganz aus dem Häuschen, mehr als bei Visací zámek oder Priessnitz, die nach uns auf die Bühne gingen.

Unseren Stil nannten wir Zirkler-Punk, damit wollte mein Bruder einen Riesengag landen, wir hatten auch ein paar Songs von den Puhdys, den Pistols und Stranglers im Repertoire, und von Karel Gott.

Irgendwann scheiterten wir an den Klippen, an denen schon viele tschechische Träume zerschellt waren: große Pläne, aber kein bisschen Durchhaltevermögen. Und so

war das mit jeder Band, bei der ich mitmachte. Weil aber Träume keine Schiffe sind und nicht so schnell untergehen, versuchten wir es immer wieder von vorne. Warum sollte das diesmal nicht klappen?
«Und deine Eltern, haben die in der U-Bahn gar nicht nach dir gesucht?», fragt Katrin.
«Doch, doch. Sie haben mich ja auch schließlich gefunden.»
Es muss vor Mitternacht gewesen sein, als mich die Bullen aufgriffen, im Zug war kaum noch jemand, bis auf ein paar müde Gestalten. Sie fragten, wie ich denn heiße, was ich dort mache und ob ich nicht der Petr Bém aus Prag sei. Sie dachten, ich würde sie nicht verstehen, aber ich konnte Deutsch von klein auf, weil meine deutsche Großmutter, die aus Jägerndorf in Schlesien stammte, mit uns nie anders als Deutsch geredet hatte, und das, obwohl sie auch Tschechisch konnte. Statt den Bullen ordentlich zu antworten, plärrte ich los, denn plötzlich war mir klar geworden, dass ich einen Riesenhunger hatte, und sollte ich meine Mama nicht finden, gäbe es nie wieder was zu essen.
«Jetzt spinnste aber rum.»
Ich nickte.
«So baggerst du Frauen an, ja? Mit Spinnereien?»
«Kommt darauf an ...»
Es kam darauf an.
Katrin nahm mich in die Arme, dann biss sie mir in die Lippe. Erst jetzt fiel mir auf, dass ihr oberer linker Schneidezahn nach rechts abstand. Wir küssten uns.
«Schmeckst du's?»
«Was?»
«Das lila Eis ...»
Es ging ganz schnell. Sie langte in ihrer Handtasche nach

einem Kondom und setzte sich auf den Kühlschrank. Sie zog mich zu sich, schob den Rock hoch und mir die Hose herunter.
Manchmal reicht ein einziges Wort, um einen Satz vergessen zu machen, einen Absatz, ein ganzes Buch, und gleich daneben beginnen andere Wörter, sich in neue Sätze und Absätze zu fügen.
Stimmt, ich bin hier, um zu vergessen, und nicht, um in Erinnerungen zu schwelgen, jetzt verschlinge ich gierig das Wort, mit dem alles begann, und spule mein Hirn auf null zurück.
Das Wort lautet: «Fick mich.»
Ja, ich kann zählen. Es sind zwei Worte, aber sie bedeuten eins. Ein und immer wieder dasselbe:
«Fick mich. Fick mich. Fick mich.»
Der Kühlschrank wackelt, als ich in Katrin eindringe, sie hält sich mit einer Hand am Gewürzregal fest, mir der anderen an meinem Arsch.
Der Kühlschrank wackelt, Katrin tanzt auf und ab, und drinnen bebt der Topf mit Letscho, Letscho und zwei Wiener Würstchen, Letscho, mit Eiern zubereitet, was meine Žeňa überhaupt nicht leiden konnte.
Ich liebte sie, und sie liebte mich.
Der Kühlschrank wackelt, der Motor surrt, Katrin zuckt und ballt die Faust, sie ruft: Noch … nicht … von oben rieseln Tütchen voller Rosmarin und Basilikum, Katrin riecht wie ein Sommer in der Provence, ihre Augen werden so klar wie die Luft im Süden – und wenn sie sich hundertmal nach Island sehnt.
Ich luge aus dem Fenster. Am Himmel zieht der Morgen ein.

Pancho Dirk kam in dieser Nacht nicht mehr nach Hause. Am nächsten Tag machte ich mich auf zu seinem Probenraum, denn dort sollte die erste U-BAHN-Probe stattfinden. Durch einen Glücksfall hatte Pancho den Schlüssel des alten Wasserturms am Bahnhof Ostkreuz ergattert.
Von weitem sieht der Turm aus wie ein Schachkönig, dem die Mitspieler verloren gegangen sind. Oder wie ein riesiger Pfefferstreuer. Umzingelt von S-Bahn-Gleisen, wie man hier die Schnellbahn nennt, für die man in Prag gar keinen Namen hat, weil es in Prag keine Schnellbahn gibt.
Ich trommle gegen die Tür, Pancho macht auf und flitzt gleich die Treppe hoch. Beugt sich übers Geländer und schreit:
«Siehst du mich?»
Ich kann ihn kaum erkennen, oben ist es dunkel. Aber hören kann ich ihn. «Uuuhbaahn-uuhbaahn-uuuuhbaahn» – das Wort prallt an den Wänden ab und fliegt mit tausendfacher Verstärkung durch die offene Tür ins Freie. «Uuuuuuuuuhbbbaaaaaahnn ... Siehst du, hier brauchste keine starke Anlage.»
Diese Grotte mit der holprigen Couch und den schwarz gestrichenen Wänden bedeutet Pancho Dirk alles. Die ganze Knete, die er im Lauf der Jahre verdient hat, hat er in die Ausstattung gesteckt. Alles aus zweiter Hand: ein Satz Mikros, mehrere Gitarren, ein Bass, zwei zerschrammte Verstärker, in die angeblich Die Toten Hosen auf einem Berliner Konzert Bier gekippt haben, was den Marktwert zwar deutlich gesenkt, doch den ideellen Wert drastisch erhöht hat – wie Pancho Dirk nie vergisst zu betonen, obwohl er die Hosen zum Kotzen findet. Aber die Geschichte kommt gut an. Außerdem schnurren die Verstärker wie neu, seit er ein paar Röhren ausgewechselt hat. In einer Ecke steht

noch ein lädiertes Tama-Schlagzeug, in der anderen das Casio-Kinderklavier. Alle Instrumente sind mit Plastikplanen abgedeckt.

«Weil von oben so viel Dreck fällt.»

Frauen haben keinen Zutritt zum Probenraum, sagt er, nur in Ausnahmefällen, wenn man es nirgendwo anders machen kann. Damit sie die Luft nicht verderben und die schöpferische Atmosphäre. Klar meinte Pancho Dirk es kein Stück ernst, aber es war eine gute Ausrede, die gleichzeitig andeuten sollte, dass hinter der Tür etwas Geheimnisvolles vor sich ging, etwas Einzigartiges, Magisches und Verführerisches. Frauen wurden offiziell erst bei Konzerten erwartet.

«Und noch was will ich dir zeigen!» Wieder flitzt Pancho Dirk die quietschende Treppe hoch und wirft eine Bierdose herunter. Als sie an den Fenstern vorbeifliegt, scheint sie kurz in der Luft anzuhalten. Im Blech spiegelt sich das Licht, aus der Dose wird eine Sonnenblume, und als sie endlich den Boden berührt, scheppert sie wie unsere alte Schulklingel, mit der die Wehrübung eingeläutet wurde. Wir mussten Gasmasken aufsetzen, in den Keller marschieren und mucksmäuschenstill dasitzen; mein Freund Jirka kotzte einmal in die Maske, Gott sei Dank erst in dem Augenblick, als die Schulklingel wieder schepperte, um das Ende der Wehrübung zu verkünden, genau wie jetzt die Bierdose. Sie schreckt die Tauben auf, die oben schlafen, wenn unten Songs gespielt werden, die eine Taube nicht so richtig verstehen kann.

«Und willste wissen, wie viel ich für das Ganze blechen muss?», schreit Pancho Dirk nach unten.

«Zweihundert?», schreie ich nach oben.

Nach unten: «Hahahaahaaaaa.»

Nach oben: «Nen Hunni?»
Nach unten: «Hahahaahaaaaa. Muss bloß zweimal im Monat 'ne Frau besuchen, im Bahnhofsbüro. Freundin von Mutti.»
«Treibt ihr's miteinander oder wie?»
Pancho Dirk antwortet nicht. Er rennt die Treppe hinunter und drückt seine Zigarette in einem riesigen Metallaschenbecher aus, wie sie in Krankenhausfluren oder Bahnhofshallen stehen. Er quillt schon über vor Kippen.
«Bloß den Strom muss ich allein zahlen. Machen wir halbehalbe? Ich meine bei dem Strom.»
Ich sage, das geht klar, Pancho Dirk nimmt die Gitarre in die Hand, macht den Verstärker an und fragt, wie es mit Katrin ausgegangen sei. Ich erzähl ihm ganz offen, wie es ausgegangen ist, lasse nur die intimen Details aus, das mit dem Letscho und so.
«War von Anfang an klar, dass sie auf dich abfährt. Ich hab da 'nen Song drüber geschrieben. Hab 'n bisschen was dazu gedichtet.»
Er stimmt ein und legt los:

CNN

Seit gestern ist mein Püppchen weg
Ich checke Glotze, Klo, Gepäck
Im Morgengrau'n im Park verscholl'n
Mein Blick – bloß salzig & verquoll'n
Zum Kotzen, ja so fühl ich mich
Doch morgen wird es klar, verspricht
Die Frau von CNN

Seit gestern ist mein Püppchen weg
Mein Blut gefriert, Moloko-Dreck
Sie hebt jetzt mit 'nem andren ab
Mein Bett: ein Glotzenkuschelgrab
Wo ich weiter wünsch & träume
Aber in die nackten Bäume
Stürzt ihr Flieger nicht

Geh mir von der Pelle, sagt sie
Ich ruf: Lass mich nicht zurück
Neue Liebe lässt sie fliegen
Pass auf, sonst wird's ein kurzes Stück

«Willste mein Motto hören? Jeder Verlust ist zugleich ein Gewinn, denn man macht sich die eigenen Fehler klar. Hat Roosevelt mal gesagt. Also werde ich ab sofort das Weiberheft idiotensicher verstecken. Mehr Sorgen macht mir dieser verdammte Refrain.Was meinst du, ist er vielleicht zu kitschig? Das kann ich irgendwie nie richtig einschätzen», fragt Pancho Dirk, als er zu Ende gesungen hat.
Ja, das ist gar nicht so übel. Ich sage, dass er vor Kitsch keine Angst zu haben braucht, denn es gibt kein Leben ohne Gefühl.
«Und von wem ist das?», fragt Pancho Dirk.
«Ähm … von einem tschechischen Dichter und Rocker. Seine Band hieß Solomon Bob. Sie waren aus Liberec und spielten Rock 'n' Roll. Und ich bin immer nach Liberec zu meiner ersten Freundin.»
Die Wände des Wasserturms zittern leicht, und von oben rieseln winzige Farbsplitter herunter. Wie immer, wenn ein Zug vorbeifährt.

PÜNKTLICH FÜR DEN SOZIALISMUS

«Papa will mir was übergeben, von meiner Oma. Magst du mitkommen?», fragte Katrin am nächsten Morgen, als sie aus den Federn gekrochen kam und die SMS auf ihrem Handy gecheckt hatte.

Katrin liebt ihre Großmutter sehr. Sie wohnt in einem Plattenbau in Eisenhüttenstadt, einer Stadt direkt an der polnischen Grenze, die sie in den fünfziger Jahren mit hochgezogen hatte. Viele Jahre später wurde Eisenhüttenstadt dann die Partnerstadt des Ortes, wo meine Eltern mich hochgezogen hatten, bevor wir nach Prag gezogen sind.

Doch früher hieß Eisenhüttenstadt Stalinstadt, es war die erste sozialistische Stadt der DDR, so, wie Oma Blume früher Scholz hieß und keine Oma war, sondern junge Kantinenfrau in den neuen Stahlwerken, wo über dem Tor in großen Lettern prangte:

Sowjetisches Erz und polnischer Koks zu deutschem Friedensstahl.

Das ist lange her. Die Parolen sind verhallt, geblieben ist

nicht einmal der Name, höchstens ein Spiel mit dem Echo. Eine Zeit lang rufen wir die Parolen, eine Zeit lang schallt eine Antwort zurück. Danach wird es still. Es sei denn, ein neues trendy Wort kommt durch die Luft angesaust, das wir für einen Augenblick auf unserer Festplatte speichern.
Katrin weiß, wo sie ihren Vater todsicher finden kann. Reinhard Blume arbeitet in der U-Bahn, als Zugführer. Heute Nachmittag wird er nach Schichtwechsel in einer Imbissbude auf dem unteren Bahnsteig im S-Bahnhof Friedrichstraße stehen. Dort, an den runden, mit blauem Plastik bezogenen Tischchen, treffen sich Zugführer aller Couleur.
Für Zugführer von U- und S-Bahn gilt dasselbe wie für Fußballspieler: Der Ball und das Spielfeld sind gleich, die Halbzeit bis zur Jause ist gleich lang, alle spielen sie gleich gut, bloß die Trikots unterscheiden sich. Und doch behaupten Kenner, wer die gelben und langsameren U-Bahn-Züge fährt, spiele für eine rangniedrigere und schmuddeligere Mannschaft, als wer die auf Hochglanz polierten schlangenartigen S-Bahn-Schläuche chauffiere.
Hin und wieder ließ sich der eine oder andere scheiden oder verliebte sich neu, gewann im Lotto oder büßte Prämien ein, weil er eine Station durchfahren hatte, manch einer hatte sogar ein menschliches Leben gekappt. All das wurde hier hinuntergespült … an den runden Tischchen waren nämlich wirklich alle Zugführer gleich.
«Ich sag dir, Reinhard, das Schlimmste sind die Augen. Die Zugspitze steht längst vorne am Bahnsteig, kaum ein Ruck, bloß die Augen, dieser letzte Augenblick, der bleibt an der Tunnelwand wie 'n Fragezeichen hängen, wie 'n Messer, das dich stechen will, und du weißt nicht mal, wer es in der Hand hält. Diese Augen, die verschwinden nicht so ohne

weiteres. Warum werfen die mir was vor, wofür ich nichts kann? Mein Doktor sagt, du hast frei, geh mal zum Hockey, trink 'n Bierchen, fahr in Skiurlaub oder nach Rügen, Hauptsache, du hörst auf, dran zu denken, für diese Menschen trägst du keine Verantwortung! Das weiß ich schon, aber wie ich diese Augen loswerden soll, direkt vor meinen Augen, das kann mir der Gute auch nicht sagen. Nicht hinkucken soll ich. Aber das geht doch gar nicht! Auf keinen Fall die Augen von der Strecke abwenden, bloß nicht woanders hinkucken.
Sonst sagt der Doktor, ich muss mit dem Fahren aufhören. Aber das geht gar nicht. Man kann doch nicht von jetzt auf nun Weichen stellen oder Haltestellen ausrufen. Einmal Zugführer, immer Zugführer. Nimm mal den Kanzler. Kann der Kanzler denn was anderes machen?», fragt Günter Fürst, ein kleiner, ältlicher Kumpel von Herrn Blume, der einen ziemlichen Bierbauch hat.
«Ach Quatsch, Mann, klar nicht, von wegen Weichen ... und der Kanzler, was soll der mit'm Zug fahren. Kanzler bleibt 'n Kanzler, ist doch klar, ist halt Schicksal, so was», stimmt Herr Blume zu.
Als Günter aufs Klo verschwindet, neigt sich Herr Blume, der auch einen Bierbauch hat und dazu eine Glatze, zu mir. Eine Bierfahne weht mich an. Sein Blick ist dienstmüde. Er will wissen, ob ich jemals mit eigenen Augen einen echten Rekordhalter gesehen oder vielleicht selbst einen Rekord errungen habe.
Ich sage ja, einmal sei ich in Rekordverdacht geraten. Achtundachtzig oder neunundachtzig muss das gewesen sein, irgendwann auf dem Gymnasium. Da hatten wir vierundzwanzig Stunden lang Basketball gespielt. Einen ganzen Tag lang ohne Pause! Aus irgendeinem Grund ging dabei

sogar das Licht aus, eine ganze Stunde lang, und wir mussten im Schein von Kerzen und Petroleumlampen spielen. Die Beine taten uns schon weh, aber wir wollten nicht aufhören, wegen der vielen Frauen, die uns zukuckten. Selbst nach einer Woche dröhnten mir noch die Ohren. Dribbling ist gefährlich. Gefährlicher als Phosgen. Dribbling ist Psychokiller.

Katrin lächelt zärtlich. Sie fährt sich mit dem Finger über die Nase, und ich kriege Panik. Was, wenn sie ihrem Vater verrät, in welcher ganz anderen Disziplin wir den Rekord brechen wollten? Aber Katrin schweigt.

Herr Blume winkt ab.

«So 'n Rekord zählt nicht. Nur solche wie seine zählen was, weil sie sich ins Leben einschreiben.» Er deutet auf Günters Rücken. Die kurzen Beine tragen seinen mächtigen Körper ganz langsam in die Halle hinauf. Irgendwo oben hinter der Treppe ist das Klo.

«Der Günter, das ist unser Rekordhalter. In zwanzig Jahren hat der fünf überfahren. Ganze fünf!»

«Ist ja irre ... Ähm ... Und Sie, wie viele haben Sie?»

Herr Blume zuckt mit den Schultern und sagt, nur einen Einzigen, und der hätte das auch noch überlebt. Bloß dessen Arme nicht.

Aber der Günter, der musste eine Art Magnet in sich haben.

«Wir sagen schon Kurfürst zu ihm», lacht Herr Blume. Sein Lachen ist scharf und trocken, es torpediert die Angst wieder unter die Erde zurück. Jeder Zugführer, dem einer unter den Rädern bleibt, bekommt vom Betrieb eine Erholungszeit zugewiesen. Günter war der Erste, der das als Kur bezeichnete. So häufig wie er war hier kein anderer zur Kur. Sein Arzt machte sich allmählich lustig über ihn, sagte,

Günter würde wohl auf Bestellung arbeiten, die Springer über Anzeige suchen. «Aber das sagt er nur, um Günter auf andere Gedanken zu bringen. Da hat er so psychologische Kniffe für. Die meisten Jungs, denen so 'n Unglück passiert is', die hören sowieso auf. Besonders, wenn's das zweite Mal passiert. Das kann keiner aushalten. Nur der Günter.»
Günter kommt zum Tisch zurück, winkt dem Frollein an der Theke zu, noch drei Korn und eine Cola hier für Katrin. Und eine Salamischrippe. Er steckt sich eine an, sein Kopf versinkt im Schal aus Rauch.
«Ich sag dir, Reinhard, am schlimmsten is', dass ich sie auch danach immer wieder treffe. Ich fahr in den Bahnhof ein, und in der Menge aufm Bahnsteig seh ich ihre Augen aufblitzen. Die erkenn ich auf Anhieb. Sie schneiden Grimassen. Keine richtig bösen, das nicht, manche grinsen mich sogar zufrieden an. Von wegen endlich Ruhe gefunden haben. Ein anderes Mal verstecken sie sich im Tunnel, aus dem Dunkeln stechen nur ihre Augen hervor. Ich sag dir, Reinhard, die hier, die kommen nicht in den Himmel. Und falls, dann ist der Himmel hier unten. Manchmal überkommt mich so 'n Gefühl, sie sitzen neben mir und schalten die Signale: Frei. Halt. Langsam. Frei. Du sagst vielleicht, das is' der totale Blödsinn, aber ich sag dir, da ist was dran. Hundertprozentig.»
Herr Blume legt den Kopf in den Nacken, eine Weile zählt er die Spinnennetze an der Decke und trinkt dann einen Schluck auf das Wohl der Band, die Pancho Dirk und ich gegründet haben, obwohl wir immer noch alleine spielen, die Band, die wir auf den Namen U-BAHN getauft haben, weil wir Krach, Schwärze und Punk-Rock lieben. Er findet diese junge Musik schon ganz gut, sagt Herr Blume, sie darf aber nicht zu laut sein, sonst kriegt er die Krise. Am liebs-

ten mag er Country, Balsam für seine Nerven, vor allem die Hawaiigitarre, wenn sie sich durch langsame Lieder schlängelt.

«Da stell ich mir immer so 'n Morgen vor, irgendwo in der Prärie. 'nen Kaffee, gerade frisch gebrüht, offenes Feuer, keine Menschenseele weit und breit, nur irgendwo, ganz weit weg, fährt ein klitzekleiner Zug vorbei. Ein Leben so ganz ohne Gleise, das wäre ja kein Leben», sagt Herr Blume und erkundigt sich, ob wir die mit der Matte oder die mit der Glatze sind, und ich sage: Die mit der XXL-Matte. Das scheint ihn zu freuen, mit den Glatzen gibt es in der U-Bahn immer wieder Randale, neulich hatte da einer direkt vor seinen Augen einen jungen Afrikaner zusammengetreten.

«Ich hab ja den Führerstand nicht verlassen können, hab nur dem Dispatcher Bescheid gesagt und gedacht, die Leute auf dem Bahnsteig richten das schon von selbst, bis die Bullen kommen, aber die haben sich alle verzogen. Als ich klein war, da hat man gesagt, lange Haare – kurzer Verstand, aber ich sag dir eins: keine Haare – kein Verstand! Andererseits die vielen Afrikaner oder Türken hier, die sind doch auch ein bisschen schuld, die Schwarzen sind bestimmt nicht alle wegen 'nem Studium hier, nimm bloß die ganzen Terroranschläge.» Herr Blume klopft mit dem Zeigefinger auf die Tischplatte und nippt an seinem Korn.

Günter will wissen, ob ich schon mal von dem leeren Zug gehört habe, der durch den Berliner Untergrund rast.

Ja, gehört hab ich davon. Er geistert wohl schon lange durch die Adern der Stadt. Immer mal wieder will jemand gesehen haben, wie dieser Zug ganz leise den Bahnhof verlässt, und berichtet darüber in der Zeitung oder in irgendeiner Kneipe.

Einer, der angeblich über Kontakte ins Jenseits verfügt, behauptet, dieser Zug würde alle, die durch die U-Bahn ums Leben gebracht wurden, von nirgendwo nach nirgends befördern: all die Selbstmörder, die unglücklichen Liebespaare, aber auch den Jungen, der durch den Tunnel in den Westen wollte, bis sein Rücken zersiebt war, nicht vom Zug, sondern von einer Ladung aus der Kalaschnikow; die toten Fixer, die gekrümmten Greise, gebrechlichen Omas und kleinen Jungs, die beim Surfen auf dem Waggondach mit dem Kopf an die niedrige Decke gestoßen sind, bis ihnen das ganze Blut ausgeflossen ist. Auch die Zwölfjährige mit den Zöpfen fährt mit, die Günter während der Love Parade überfahren hatte, als sie gerade Musik hörte.
Günter erzählt, sie wäre zur Musik auf und ab gehüpft, doch ausgerechnet in dem Moment, als sein Zug in die Station einfuhr, wäre sie gestolpert und über die Bahnsteigkante gestürzt. Die Leute schrien, sie schreien immer erst, wenn es schon zu spät ist, die Augen des Mädchens waren gar nicht groß, trotzdem durchbohrten sie ihn, so voller Schreck waren sie. Und als der Polizist und der Arzt unter dem Waggon hervorkamen und ihre Handschuhe abstreiften, sagte der Polizist, ein ganz junger Typ, das Mädchen habe Britney Spears gehört, er sei ja neulich mit seiner Freundin auch beim Konzert gewesen, sei gar nicht so toll gewesen, interessanterweise sei dem CD-Player nichts passiert, nicht einen Kratzer habe der abbekommen, worauf der Arzt erwiderte: Schier unglaublich, was diese Dinger heutzutage alles aushalten könnten.
«Ich sag dir, Reinhard, die fährt in diesem Geisterzug auch mit.»
Am Bahnsteig hält die S1 Richtung Wannsee. Katrin starrt durch das Imbissfenster und pumpt einen langen dünnen

Rauchfaden aus ihrer Lunge, der sich wie eine Schlinge um den Hals der Deckenlampe legt. Mir wird klar, dass sie sich langweilt, dass sie diesen Augenblick am liebsten ersticken würde, dass sie diese Geschichte schon hundertmal gehört haben muss, denn ihre halbe Familie arbeitet in der Branche.

Katrin drückt ihre Zigarette aus und sagt: «Sag mal, Papa, du wolltest mir doch was von Oma geben?»

Herr Blume greift dahin, wo er sein Herz und die Brieftasche trägt: «Mein Gott, Mädchen, das hab ich zu Hause liegen lassen. Kommt doch einfach morgen vorbei, ihr beiden, ich hab zwar den ganzen Tag Schicht, aber zu Hause haben wir 'ne Menge Bücher und Zeitungsausschnitte zum Thema, und Mama erzählt doch so gerne. Was meinst du?»

Katrin nickt, aber so richtig strahlt sie nicht vor Begeisterung.

«Oma – ist doch deine Mutter, oder? Hat die immer noch Angst vor Gewitter?»

«Immer noch», beantwortet Herr Blume Günters Frage.

Günter verabschiedet sich und sagt, wenn ich mal mehr über die Berliner U-Bahn wissen möchte, so kann ich ihn immer hier finden, und wenn nicht, dann sei er bestimmt im *Nordring* in der Schönhauser Allee, eine alte Kneipe, wo sich Zugführer und Bahnhofsleute treffen und Dartsturniere veranstalten.

Am nächsten Tag stehen wir in Weißensee, vor einem Plattenbau in der Smetanastraße. Das Haus scheint aus Hunderten von Streichholzschachteln zusammengeklebt. *Safety Beton Matches* aus Sušice, Schüttenhofen. Den geduckten Bäumen vorm Hauseingang setzt die Dezemberwitterung arg zu, den tief hängenden Wolken hat gerade jemand ein

Loch in die aufgequollenen Bäuche geschlitzt. Sie ziehen ostwärts ab.
«Blume», begrüßt mich Katrins Mutter, sie wischt sich die verschwitzte Stirn mit einem Ärmel ab, die Hände an ihrer grünweißen Schürze mit der Aufschrift *Guten Appetit!*, dann bittet sie uns herein. In der Wohnung duftet es nach frisch gebackenem Kuchen. Katrin sagt, ihre Eltern leben bescheiden, aber gut. Sie hat Recht.
Die Wohnung ist nicht groß, aber von hier aus ist alles schnell zu erreichen: die Straßenbahn, das Krankenhaus, das türkische oder das italienische Bistro, der katholische, evangelische oder jüdische Friedhof, die Zukunft oder die Vergangenheit. Mir fallen die vielen Wandzeitungen ins Auge, die den ganzen schmalen Flur und die Küche in unterschiedlichsten Größen zieren.
«In meinem ganzen Leben hab ich nie geklaut. Aber meine Wandzeitungen, die musste ich einfach aus dem Betrieb mitgehen lassen. Vieles von früher kommt mir heute schon komisch vor, was sind wir jung und dumm gewesen, aber glücklich waren wir damals auch irgendwie. Darum kann ich die Dinger auch nicht einfach wegwerfen», erzählt Frau Blume, und ich frage, ob sie sich heute weniger glücklich fühle, und sie sagt, das nicht, bloß anders, das ließe sich schwer beschreiben.
Im Vorbeigehen wischt sie mit dem Zeigefinger über die schwarzen Rahmen der Wandzeitungen. In der Küche besieht sie sich das Häufchen Staub und schnuppert daran. Dann klappert der Mülleimerdeckel, Frau Blume verkündet: «Der Kuchen ist gleich fertig.»
Früher war Katrins Mutter Buchhalterin und Wandzeitungsbeauftragte bei den Verkehrsbetrieben der Hauptstadt der DDR. Doch als die Welt bebte und zwischen DDR

und der Frontstadt Westberlin inklusive Westdeutschland eine Verbindung zuließ, mussten – wie in allen großen Geschichtsmomenten – einige Menschen Opfer bringen.
Jetzt macht Frau Blume keine Buchhaltung und keine Wandzeitung mehr. Sie kündigt Jahreszeiten an. In einem Riesenkaufhaus in der Frankfurter Allee behängt sie Schaufensterpuppen mit Frühlings-, Sommer-, Herbst- und Winterbekleidung.
Jeder kleine Schritt durch den Wohnungsflur gleicht einem großen Schritt durch hundert Jahre Berliner U-Bahn-Geschichte, aber auch durch die Geschichte des ersten Arbeiter-und-Bauern-Staates auf deutschem Boden. Ein Foto zeigt Bauleute, die sich auf dem neu eröffneten Bahnhof Hönow die Hände schütteln, dort endet die heutige U5.
Frau Blume erzählt, dass am 1. Juli 1989 vom Alex auch eine Parteidelegation mit Erich Honecker in der U-Bahn angereist kam. Zurück sei Honecker aber nur zwei Stationen gefahren, von Hellersdorf rauschte er mit seiner Tschaika weiter, und am Alex stiegen bloß die Pioniere aus, die ihn begleitet hatten.
«Er soll sich beschwert haben, dass die Fahrt zu lang dauert, dass es in der U-Bahn zieht, dass er von den harten Sitzen Rückenschmerzen bekommt, aber bei seiner Eröffnungsrede, da hat er sich nichts anmerken lassen, kerzengerade stand er da, hat ausführlich über den Fortschritt gesprochen, und die Leute haben geklatscht, was das Zeug hielt, wer hätte denn damals gedacht, dass für Erich bald Feierabend ist und für die DDR und den ganzen Fortschritt auch?»
Auf einem anderen Foto sieht man eine Gruppe Zugführer am Konferenztisch, sie lächeln, vor jedem steht ein Glas Wasser mit einer Nelke, unter ihren eng geschnittenen Uni-

formen lugen frisch gebügelte weiße Hemdkragen hervor. Darunter steht:

Pünktlich für den Sozialismus.

«Ja, für den Sozialismus sind sie ausnahmslos pünktlich gefahren. Der hier ist Papa», kichert Katrin und bohrt ihren Finger in die Stirn einer der Gestalten. «Und der da Günter.»

«Mama hat schon als Kind gebastelt und getan», flüstert mir Katrin ins Ohr. «Sag doch was Nettes zu den Sachen, bitte.» Und so lobe ich Frau Blumes Agitationsschmuck, und sie schmilzt dahin vor Glück, das hier sei ja gar nichts, nur ihr Hobby und ihre einzige Freude, übrigens gestalte sie nicht nur Wandzeitungen, sondern schreibe auch eine Chronik, im Hinblick auf die Zukunft sei das auch wichtiger.

«Die Magdalene hat erzählt, im Betrieb wird das von keinem mehr gemacht. Ist das nicht 'ne Schande? Wer weiß in einem Jahr noch, was heute passiert ist?», regt sich Frau Blume auf.

Am Tisch packt sie ein dickes Buch aus. Alles, was jemals in der U- oder S-Bahn vorgefallen ist, wird für immer in ihrer Chronik eingefroren. Die quillt nur so über vor Zeitungsausschnitten, Notizen, Tabellen, Wimpeln und sogar einigen Bildern, die Frau Blume selbst gezeichnet hat.

Nebenan macht Katrin den Fernseher an, während Frau Blume langsam umblättert: «Dieses Foto hier ist vom Grenzübergang Friedrichstraße, da, wo sich die östlichen und westlichen Linien kreuzten.» Zwei junge Männer in Jeansjacken stützen in ihrer Mitte einen dritten, der nicht mehr stehen kann. Jeder hält ein Bier in der Hand, einer schreit etwas ins Objektiv. Scheint etwas ganz Lautes zu sein.

«Nach dem Zusammenbruch sind ganze Massen dahin. 'ne richtige Menschenflut. Ich war dabei. 'ne Schlange von zwei Stunden, die Westzüge konnten gar nicht alle aufnehmen, obwohl sie die ganze Nacht im Zehnminutentakt fuhren, uns DDRlern hatte man das Fahrgeld erlassen, man musste nur den Ausweis vorzeigen und konnte fahren, wohin man wollte, bis nach Wannsee zum Beispiel, aber alle wollten sie nur zum Ku'damm, die Warenhäuser kucken, ob das auch alles stimmt, was von dieser Einkaufsmeile erzählt wurde, in den voll gestopften Zügen hielten alle Stadtpläne von vor vierzig Jahren in der Hand, auf den unsrigen war nämlich kein Ku'damm zu finden, nicht einmal Westberlin gab's dort. Am Anfang haben unsere Grenzer auf Zeit gespielt. Sie fragten nach dem Zweck der Ausreise nach Westberlin, vielleicht wollten sie die Massen tatsächlich aufhalten und mit ihnen die Geschichte, für sie muss das der reinste Albtraum gewesen sein, aber unsere Leute haben sich nicht abschrecken lassen, sie haben gewartet, gesungen, Bier getrunken, und die Grenzer haben irgendwann nur noch jeden Dritten gefragt, dann jeden Hundertsten, und zum Schluss haben sie gar nicht mehr gefragt, nur den Ausweis wollten sie sehen, vielleicht um sich unsere Namen zu merken, die Namen von den Menschen, die schuld an allem waren, die schuld daran waren, dass hier alles zugrunde ging. Manchmal frage ich mich, was die heute alle so machen ... Noch 'n Schluck Kaffee, Herr Bém? Und was arbeiten Ihre Eltern?» Frau Blume springt auf und holt die Kaffeekanne.

«Mein Vater ist Lehrer, meine Mutter auch.»

«Und Sie?»

«Ich bin auch Lehrer, Geschichte und Deutsch.» Bevor sie mich fragt, was ich um diese Jahreszeit in Berlin verloren

habe, füge ich schnell hinzu: «Bin aber jetzt für ein Jahr freigestellt. Hab so 'n EU-Stipendium.»
«Na, da haben Sie aber einen schönen Beruf. Meine Schwester war auch Lehrerin, nur mit Kindern sieht es heutzutage schlecht aus. In der ganzen EU sterben die Leute aus. Bei Ihnen auch?»
«Bei uns auch.»
«Sehen Sie! Hier kriegt man in der Zeitung gar nicht mit, was bei Ihnen los ist. In der Tschechei waren wir früher öfters, Papa, ich und die beiden Mädchen, auch in Prag, irgendwo müsste ich noch ein paar Hradschin-Fotos haben, und dann sind wir auch mal zu so 'nem großen schönen See gleich an der österreichischen Grenze, lauter Segelboote flitzten dort übers Wasser, und Papa sagte, da ist ja so 'n Betrieb wie bei uns aufm Müggelsee, wenn der Sommer reif geworden ist. Bloß wurde uns dann allen furchtbar übel nach so 'ner vergorenen Gulaschsuppe ... Später sind wir immer zum Balaton gefahren, aber Papa hat auf der Durchreise in der Tschechei jedes Mal groß Bier eingekauft, in Ungarn war das Bier ungenießbar, bei uns auch. Obwohl, ich kann das gar nicht beurteilen, ich trink ja keins. Aber schön war's damals ... Und seit wann seid ihr zusammen, die Katrin und Sie?»
«Seit drei Monaten.»
«Sehen Sie, und unsere Lütte sagt kein Wort. Ich hab gedacht, sie wäre immer noch mit dem zukünftigen Filmregisseur zusammen. Aber ich sag's ja immer, Künstler sind wie diese Schaufensterpuppen, die ich mit der teuren Unterwäsche behänge. Auf den ersten Blick verführerisch, aber anlehnen kann man sich nicht, dafür sind sie nicht gebaut ...»
Ich schlürfe meinen Kaffee, blättere in der Chronik und

rechne aus, dass die Berliner Verkehrsbetriebe allein in den letzten drei Jahren zehn komplett sanierte Stationen, sieben kleinere Unfälle und zehn Feuerwehreinsätze gemeldet haben. Einhundertzwanzig Menschen haben versucht, ihr Leben unter den Rädern zu beenden, doch nur vierundzwanzig ist es gelungen – zwei von ihnen hat der Familienfreund Günter assistiert –, zwanzig Menschen haben den Sprung überlebt, allen anderen hat irgendwer am Bahnsteig den Sprung ausgeredet oder ihn sonst wie verhindert. Wer? Darüber schweigt sich die Chronik aus.

Aus dem Radio dröhnen Nachrichten, Frau Blume stellt es leiser, setzt sich wieder an den Tisch und wischt sich die Hände an ihrer Schürze ab.

«Wie ich da so über Ihre Frage nachdenke, da möcht ich schon sagen, dass ich glücklich bin. Neulich haben die im Fernsehen erzählt, dass im siebzehnten oder achtzehnten Jahrhundert jeder vierte Bürger unserer Stadt ein Franzose gewesen ist, das heißt, jeder Vierte hier trank Wein und kein Bier. Und mir kommt es so vor, als ob heute hier jeder Vierte unglücklich ist, zumindest wenn ich das glaube, was in der Zeitung steht oder was meine Freundinnen so erzählen. Wenn man gesund ist und einem auch sonst nichts fehlt, sollte man glücklich sein. Nehmen Sie nur den armen Günter mit seinen Phantasien. Der wollte sogar, dass ich das alles aufschreibe!»

«Warum hast du's nicht gemacht? Das hätte doch ganz witzig werden können», ruft Katrin aus dem Nebenzimmer.

Frau Blume sagt, sie fände es gar nicht witzig, das sei alles viel zu persönlich, solche Erlebnisse müsse jeder für sich alleine aufschreiben, und gerade der Günter, der hätte da schon das Talent zu. Sie erzählt, dass er Ingenieur werden wollte, aber nach dem Tod seines Vaters musste er die

Schule schmeißen, und dann fing er bei der U-Bahn an, so kam man damals schneller zu einer eigenen Wohnung und zu Geld.

«Aber darüber redet der Günter gar nicht, da erzählt er uns allen lieber von den Toten. Und ich kann's sogar verstehen, jeder hat im Leben so sein Geheimnis.» Frau Blume nickt und zupft den Rand ihrer Schürze gerade. Katrin geht auf den Balkon, um eine zu rauchen.

Ich erzähle Frau Blume, dass ich als kleiner Junge Zugführer werden wollte, etwas anderes kam für mich nicht in Frage, alle hatten sich schon damit abgefunden, dass ich als Lokführer Güterzüge zwischen Liberec und Prag befördern würde, genau wie Onkel Mirek, der mich einmal auf seiner Lok mitgenommen hatte. Auf die war er genauso stolz wie Karel IV. auf sein Karlstejn, diese Lok liebte er mehr als seine eigene Familie – die er ohnehin verlassen hatte.

Onkel Mirek war mein großes Vorbild, doch beim Gesundheitstest in der achten Klasse stellte sich heraus, dass ich zu schlechte Augen hatte.

Die ganze Nacht lang musste ich heulen, am nächsten Morgen stellte Vater die dröhnende Abzugshaube in der Küche an, damit unsere Nachbarin nichts mitbekam, sonst hörte die Alte immer alles mit, und erklärte mir, es gäbe auch andere schöne Berufe, zum Beispiel Bauleiter, Arzt oder Ingenieur, er selbst wäre gerne Düsenjägerpilot geworden, aber man habe ihn nicht für die Militärschule zugelassen, weil sein Vater einen großen Hof und eine Deutsche zur Frau hatte, wodurch mein Vater sofort als politisch unzuverlässig und einer Flucht mit der MG gen Westen verdächtig eingestuft wurde. Darum wurde er erst Werkzeugschlosser und später Berufsschullehrer, aber das sollte ich bitte für mich behalten.

Und so kam es, dass ich auf dem Gymnasium die elektrische Gitarre und die Musik entdeckte, mit meinem Bruder eine Band gründete, später dann den Entschluss fasste, Lehrer zu werden, und selber eine Band gründete, aber die Züge, die ließen mich nie los.
Frau Blume sagt, nichts auf der Welt sei Zufall, und als Lehrer habe ich genauso eine Berufung wie zum Beispiel Günter, wenn er die Leute zum Alex, zum Olympia-Stadion oder zum Zoo bringt, sie schenkt sich Kaffee nach und gibt einen Löffel Zucker hinein, rührt um, probiert und wirft noch einen halben Löffel hinterher.
«Ich meine allerdings, dass an den Selbstmordgeschichten vor allem Journalisten Schuld haben. Selbstmord ist zwar keine Grippe, aber genauso ansteckend. Da springt einer, und am nächsten Tag kann ich schon seine ganze Lebensgeschichte aus der Zeitung ausschneiden, jedes Detail, und warum er damit Schluss machen wollte, ich klebe die Geschichte hier in dieses Buch ein und weiß genau, dass die gleiche Zeitung gleich nebenan am Kiosk von jemandem gekauft wurde, der morgen oder übermorgen selbst springen wird. Sie müssen sich einfach eins klar machen, Herr Bém, die Ärmsten springen, als ob sie in einer dieser merkwürdigen Fernsehserien wie *Dallas* oder *Denver Clan* spielen würden, bloß dass in unserer Serie alles echt ist, hier gehen wirklich Leben verloren, und den Menschen drum herum wird ein wirklicher Schmerz zugefügt. Ein Selbstmord hat bis zu fünf Folgen, danach ist die Energie raus, so ähnlich wie bei Gewitterwolken, 'ne Weile herrscht Ruhe, die Luft ist rein, aber einen Monat später wird es wieder schwül, und das Ganze geht von vorne los. Zum Beispiel hier», Frau Blume leckt sich den Finger an und blättert zurück: «Am Montag ist im Bahnhof Stadtmitte eine junge

Krankenpflegerin von der Charité gesprungen, sie fühlte sich von einem Chefarzt verraten, weil der sich nicht scheiden lassen wollte. Aber wenn sie schon entschlossen war zu sterben, warum hat sie sich dann nicht auf der Arbeit aus dem Fenster geworfen, das Krankenhaus hat ja mehr als zwanzig Stockwerke, unten überall nur Beton ... Nein, sie zieht sich hübsch an, schminkt sich, macht sich 'ne tolle Frisur, schlüpft in die hochhackigen Schuhe, kurzum, sie wirft sich in Schale wie für die Oper, und dann schmeißt sie sich unter den Zug und blockiert für 'ne Stunde das System. 'ne gute Freundin von ihr erzählte dann den Zeitungsfritzen, hier auf diesem Bahnhof hätten sie sich immer getroffen, der Arzt und sie, bevor sie ins Theater gingen. Er sei ja ein unglaublich kulturorientierter Mann ...
Gleich am Mittwoch dann hat dieser ausgediente Oberstleutnant aus Hellersdorf Schluss gemacht. Der war an der Westgrenze stationiert gewesen, hatte hohen Blutdruck, zwei Infarkte hinter sich, und in der neuen Zeit soll ihm alles sehr schwer gefallen sein. So hat er zum Beispiel nicht ertragen, dass man ihn aus dem Dienst entlassen und an der Grenze Tausende von Hunden vergiften musste, die nicht mehr zu gebrauchen waren. Hunde, die hat er ja geliebt, besonders die edlen Rassen, das hat auch 'ne Cousine von ihm bestätigt. Er soll ihr öfters gesagt haben, wie unmenschlich diese demokratische Zeit mit Tieren verfährt ... Also hat er die Paradeuniform angezogen, Abschiedsbriefe an Freunde verschickt, lauter ehemals hohe Chargen waren das, und dann ist er gesprungen. Und stellen Sie sich vor: Zwei Tage vorher hatte der sich 'ne Jahreskarte für die BVG gekauft! Herr Bém, wenn das ein Zufall ist, dann will ich einen Besen fressen!»
Katrin kommt zurück in die Küche und schüttelt die Kälte

von sich. Sie lächelt, streicht mir über den Kopf, Frau Blume sagt: «Trinchen, wir haben ja so schön geplaudert, der Herr Bém und ich. Möchte noch jemand ein Stückchen Kuchen? Wie schmeckt er Ihnen, Herr Bém? Unser Papa mag ja keine Walnüsse, essen Sie ruhig auf.»
Und sie schneidet noch ein Stück ab.
«Eine Woche nach dem Oberstleutnant hat sich ein gut situierter Apotheker aus Charlottenburg unter den Zug geworfen, weil ihm seine Frau im Urlaub mit 'nem bettelarmen, fünfzehn Jahre jüngeren Thai-Matrosen durchgebrannt ist, da bekam er von ihr nur noch Postkarten mit tollen Schiffen drauf, sie wollte die Hälfte der Apotheke ausgezahlt bekommen, damit sie in Thailand ein neues Leben anfangen könne, mit fünfzig sei ein Neustart nicht einfach, das müsse er doch verstehen. Und er verkaufte die Apotheke, zahlte das Geld auf ihr Konto ein, einen Teil davon in einen Schiffsfonds, sie waren beide Mitglied in einem Ruderverein, und dann ab zur U-Bahn. So 'n Kaliber war das. Solche Serien sind doch kein Zufall! Einer springt, es steht in der Zeitung, und der Leichenwagen kann sofort bei der U-Bahn auf Lauerstellung gehen.»

Als wir abends in der U-Bahn sitzen und auf die Dessouswerbung im Deckenfernseher starren, während der Zug durch die Tunnelkurven rast, denke ich an Günter. Hinter den Fenstern nähern sich Lichter leerer Bahnhöfe, um gleich wieder zu verschwinden, an den Tunnelwänden prangen bunte Ergüsse der Sprayer.
Über uns Kreuzberg. Vor uns das Konzert von The Notwist, Bier, das Bett und ein Fenster, das den Sonntagmorgen hereinlässt.
Mit ihren schlanken Fingern reißt Katrin den Brief ihrer

Großmutter auf. Sie fischt drei Hunderter heraus und liest die Karte: «Schönen Geburtstag. Wann schaust du wieder vorbei?»
Katrin lächelt und sagt, ihre Oma sei nach wie vor eine tolle Frau, bloß sei sie viel zu viel allein und etwas wirr im Kopf, sie müsse ihr dringend schreiben und was ich davon hielte, wenn wir nächstes Wochenende einen Ausflug machen würden, zum Beispiel hoch ans Meer, vielleicht nach Kap Arkona, auf den Leuchtturm klettern und uns die weißen Felsen anschauen, ob ich mich noch erinnern kann, wie das neulich im Fernsehen kam, wie an ihnen die Wellen zerschellten, jetzt wäre keiner da, im Winter, und ohne meine Antwort abzuwarten, rückt sie die Körbchen von ihrem BH zurecht und fügt hinzu, das nächste Mal kauft sie den eine Nummer kleiner.
Im Waggon ist keiner. Zumindest keiner, den wir sehen könnten.

ALLEIN DER ROCKER SCHAFFT LIEBE

«Willste heutzutage 'ne gute Schnalle abschleppen, musst du dir schon was Pikantes aus den Fingern saugen, sonst kommste gar nicht zum Zug», schwadroniert Pancho Dirk. Der als Sanitäter in Macondo war. Dem dieser legendäre Einsatz zu mehreren Eroberungen verhalf, mit Ausnahme von Katrin, die mich erobert hatte. Oder hab schließlich doch ich sie erobert?

«Diese neue Sorte Frau interessiert mich gar nicht, diese ausgemergelten maskulinen Bügelbretter – nichts gegen Katrin, keine Angst –, ich meine die, die im *Tresor* Techno tanzen, diese Pimpeltussis, die nur Piña Colada zu sich nehmen und sich stundenlang vor dem Spiegel herausputzen, damit ihnen nach 'ner Minute Tanz die ganze Schminke vom Gesicht runterfließt, diese zarten Geschöpfe, die nicht einmal mehr trinken, bloß am Strohhalm kauen, weil, sie müssen ja auf die Linie achten. Mag ja sein, dass sie 'ne tolle Figur haben, aber das ist auch alles, mit so einer gehste ins Bett, und die bricht unter dir zusammen wie 'n Haufen

Mikadostäbchen. So was kann man sich nur sporadisch antun.»
«Und was ist dein Ideal?»
«Am besten find ich Frauen mit Gefühl. Russinnen oder Polinnen. Aber die findste weder im *Tresor* noch im *Roten Salon*. Für das Erste sind die zu scheu und für das Zweite nicht intellektuell genug.»
Deswegen gibt Pancho Dirk Annoncen auf.
«Du musst dir immer was Neues einfallen lassen, verstehste. *Erfahrener Liebhaber zeigt dir die Wunder der Liebe. Pancho D. mit dem großen P.* Nee, nee, nee. So was läuft nicht mehr. So was war vielleicht in, als sich mein Alter auf der Piste herumgetrieben hat. Heute bedeutet großes P höchstens 'nen großen Pool.»
Pancho Dirk hat sich der Innovation verschrieben. Letzte Woche, nach der Probe unserer – immer noch zweiköpfigen – Band, drückte er mir die vor lauter Kultur und Annoncen richtig in die Breite gegangene Berliner *Zitty* in die Hand.
Unter Kontaktanzeigen las ich:
Deutsches Beefsteak, gut durchgebraten, sucht pikante Forelle auf russische oder polnische Art zwecks Abendbrot inklusive Frühstück.
«Und? Hat sich schon jemand gemeldet?»
«Tja ... Hab doch gesagt, diese Sorte ist scheu ... Ein Koch hat sich gemeldet, der im *Forum* arbeitet. Immerhin: Der ist Russe! Und was hat das zu bedeuten? Das bedeutet, dass zumindest die kulturelle Verbindung funktioniert, auch wenn die geschlechtliche Sortierung noch nicht richtig greift. Na ja, man muss einfach abwarten. Und wenn nichts kommt, dann denk ich mir halt was Neues aus. Nichts leichter als das.»

Zwei Wochen später erschien in der *Zitty* eine ganz andere Annonce:

Punk-Rock-Band U-BAHN sucht patenten Schlagzeuger. Wir machen Musik für Lebende und Tote. Inspiration: Ramones, Jesus and Mary Chain, Stranglers, Joy Division, Iggy Pop, Bowie, Bukowski und Kundera. Probenraum vorhanden. Konzerte auch. Wir machen Ernst!

Vorsicht: Kein Kindergarten – Amateure fernbleiben!

«Den Kundera hab ich deinetwegen reingenommen, wo du doch Tscheche bist. Was dagegen?»

«Nein, aber was hat Kundera mit Punk-Rock zu tun?»

«Na, das finden wir schon noch raus. Entwickeln 'ne neue Philosophie draus, verstehste? Sagen wir einfach, Kundera stellt die intellektuelle Dimension unserer Musik dar. Dazu als Schlagzeile: U-BAHN und die unerträgliche Bitterkeit des Seins. Mann, das muss unbedingt auf die Plakate drauf!» Pancho Dirk lacht schallend.

Auch auf diese Annonce meldeten sich nicht viele. Der Erste hielt es nicht einmal für nötig, sich vorzustellen. Er raunzte lediglich in den Hörer: «Den Punk, den könnt ihr euch in den Arsch stecken, hahaha.»

Der Nächste erschien zur Probe.

«Man nennt mich Atom», röhrte er, als er unseren Probenraum im ehemaligen Wasserturm betrat. «Nicht übel, das Loch hier.»

Pancho Dirk quälte sich ein Lächeln ab, schob Atom einen abgeschrammten Metallstuhl zu und bot ihm eine Zigarette an.

Atom war die Sorte Mensch, die man nur als Koloss bezeichnen kann: zwei Meter groß und einen Meter breit, mit einer Stimme, die das Frühjahrshochwasser jederzeit in die

Berge zurückjagen konnte. Er redete nicht viel, sagte nur, er habe drei Jahre Kernphysik an der FU studiert, das Studium aber aus Angst vor möglichen psychischen Folgen abgebrochen. Geblieben ist ihm der Deckname.

Mit bürgerlichem Namen hieß er Gottlieb Emmerich, aber er wies uns gleich ausdrücklich darauf hin, ihn ja nie so anzusprechen. Er war zweiunddreißig, schrieb tagsüber Agitationslyrik im Geist von Brecht und Chomsky, und abends verkaufte er die Morgenausgabe der *taz*. Beides fasste er als seine Bestimmung auf.

Wie wir später erfahren sollten, versuchte er die *taz* seit Jahren als Musikexperte zu stürmen. Seine Artikel wurden aber immer wieder abgelehnt, sodass Atom die Redaktion manchmal – je nachdem, wie viele Biere er intus hatte – als einen Verein stinkender Konservativer bezeichnete oder als Haufen dumpfbackiger Revanchisten, der die Berliner alternative Szene nicht unterstützen wollte.

Nachdem er sich ausgetobt und ausgeschlafen hatte, verfasste Atom bereits den nächsten Artikel, etwa über den Einfluss der hispanischen Hip-Hop-Community auf das schwarze Gewissen der weißen Amerikaner. Solche Texte bezeichnete er als «Musikessays».

Atom brachte auch einen eigenen Song mit. Er schnappte sich meine Gitarre und haute immer wieder zwei Punk-Akkorde rein, in die er monoton wie ein Kanonenofen knatterte:

Ich bin Berlin
Ich bin Berlin
Ich bin Berlin
Ich bin Berlin

Ich weiß nicht: Wer bist du?
Ich kenn nicht deine Gefühle: Lass sie zu!

Ich bin Berlin
Ich bin Berlin
Ich bin Berlin
Ich bin Berlin

Sag mir: Wer bist du?
Zeig mir deine Gefühle! Lass sie zu!

«Mir geht's um 'ne direkte und klare Position. Verstanden?», polterte Atom.
«Was für 'ne Position?», fragte Pancho Dirk.
«Politisch. Links außen. Antikapitalistisch orientiert.»
«Aber in dem Song geht's um Berlin und um 'ne Frau, oder?»
«Berlin ist Metapher. Die Frau auch. Du kannst es meinetwegen Metaphysik nennen, kommt auf den Blickwinkel an. Die Frau kann ruhig Revolution heißen. Mir geht's drum, die Sachen knapp zu formulieren, zugleich aber in einem breiteren und tieferen Kontext zu denken. Hab ich mich klar ausgedrückt?»
Klar genug. Wir wiederum versuchten Atom klar zu machen, dass wir vom Punk die Energie übernehmen wollten, die Position aber anderswoher schöpften, aus dem Herzen, wie es Pancho Dirk formulierte, auch wenn es pathetisch klang.
«Hier der Peter, der hat mal 'nen tschechischen Dichter zitiert, der soll gesagt haben, nur ein Rocker kann heute noch Liebe schaffen. Das ist unser Ziel. Politik ist uns schnuppe», erklärte Pancho Dirk.

«Wer hat das gesagt?», fragte Atom misstrauisch.
«Wer hat das gesagt?» Pancho Dirk drehte sich zu mir um.
«Magor», sagte ich. Dass Magor auf Tschechisch auch *Idiot* bedeuten konnte, behielt ich vorerst für mich.
«Na klar, der Magor hat das gesagt. Guter Kumpel vom Havel. So 'n tschechischer Wolf Biermann, bloß ohne Gitarre. Sein ganzes Leben hat der im Knast gesessen, Papiertüten geklebt und so, bis er schwarz rauskam. Und dann hat er nicht gesagt, der Kommunismus sei scheiße oder so was, sondern dass nur ein Rocker die Liebe schafft. Das muss man sich mal vorstellen. Das ist kein Mensch, sondern Buddha. Das nenn ich Position!» Pancho Dirk strahlte.
«Das ganze Leben ist der nicht im Knast gewesen ...», versuchte ich die Geschichte auf etwas realistischere Füße zu stellen.
«'n Jahr hin, 'n Jahr her, drauf kommt's nicht an. Wichtig ist was? Die POSITION – also das, was Atom gerade gesagt hat.» Pancho Dirk holte tief Luft, machte eine dramatische Pause und wiederholte mit dem Pathos eines Laiendarstellers: «Allein ... der Rocker ... schafft ... Liebe.»
«Diesen Magor kenn ich nicht! Der Kommunismus mag 'n Fehler gewesen sein, aber man muss unbedingt nach neuen Wegen suchen, wie man diese Welt umgestalten kann, sonst geht hier alles den Bach runter. Das sieht doch ein Blinder, Himmelherrgott! Oder ist euch das nicht klar?», parierte Atom barsch.
Teilweise hatte Atom durchaus Recht, da waren wir uns einig. Aber leider wollte Atom auch singen. Und da waren wir uns gar nicht einig.
Offen gesagt: Den klarsten Standpunkt vertrat Pancho Dirk

in dieser Sache. Es heißt, der Sänger einer Band schleppe die meisten Frauen ab, und Pancho Dirk war nicht bereit, ohne weiteres auf diesen Posten zu verzichten. Wir erklärten Atom, dass sich noch andere Interessenten angemeldet hätten, er solle uns bitte seine Telefonnummer hinterlassen. Doch dann stellte sich heraus, dass die restlichen drei Kandidaten zwar keine irgendwie geartete Position vertraten und auch nicht singen wollten, aber spielen konnten sie ums Verrecken nicht. Auch derjenige nicht, der Kunderas *Scherz* in- und auswendig kannte.

Der Termin für das erste Konzert rückte bedrohlich näher, doch weit und breit kein Schlagzeuger in Sicht.

«Ich ruf ihn an», beschloss Pancho Dirk.

«Hör zu, Atom, wir hatten hier die Besten der Stadt zur Auswahl, aber dein Stil hat uns am meisten überzeugt. Unter einer Bedingung: Du singst nicht. Der Sänger bin ich.»

Atom knallte den Hörer hin. Dann rief er zurück: «Ich mach's. Aber den Song müsst ihr nehmen.»

Wir fingen an zu proben, und drei Wochen später standen wir durchgefroren mit den Instrumenten, fünf eigenen und einer Menge gestohlener Songs vor der *Zosch-Bar* in der Tucholskystraße. Für das Programm war dort eine Frau zuständig, mit der Pancho Dirk mal ein paar Nächte zusammen war.

«Es ist 'ne Kunst, sich zu trennen, ohne den Einfluss auf die Frau zu verlieren. Dafür muss man hart arbeiten, mein Lieber. Das ist die große Stand-by-Kunst.»

Gabriele – vollschlank, rothaarig – stand offenbar immer noch unter Pancho Dirks Einfluss. Sie brachte uns einen Bierkasten in die Garderobe, obwohl davon im Vertrag keine Silbe stand. Vom Bierkasten, meine ich. Außerdem bot Gabriele Pancho Dirk an, unsere Managerin zu werden. Daraus ist allerdings nichts geworden, weil sie sich davon etwas versprach, was sie sich lieber nicht hätte versprechen sollen.

Vor uns sollte eine Band mit dem tschechischen Namen Pozor vlak!, Achtung, ein Zug kommt! auftreten. Sie spielten irgendwas zwischen Ska und Pub-Rock und waren schon eine Runde weiter als wir, hatten eine Single herausgebracht, Interviews in zwei Fanzines gehabt und waren sogar bei ein paar Plattenfirmen vorstellig geworden, bisher allerdings hatten sie nur Körbe geerntet. Bei der einen hieß es, da ließe sich vielleicht was machen, bloß mit *dem* Namen nicht, den müsste man ändern, weil, für den Verkauf sei der Name ausschlaggebend. Und da haben Pozor vlak! der Plattenfirma einen Korb gegeben.

Einen Tschechen hatten sie nicht in der Band. Aber die Mutter des Bassisten kam aus der Gegend von Liberec, aus Weißbach. Eine echte Sudetendeutsche, genau wie meine Großmutter.

«Anfang der Neunziger sind wir hin, um zu kucken. Das Haus steht noch, wer weiß, wie lang. So 'ne Frau lud uns zum Kaffee ein, erzählte, sie hätte Diabetes und würde da alleine leben, alle seien tot oder weggezogen, wenn wir wollten, könnten wir im Sommer zu ihr, vor den Deutschen hätte sie keine Angst, ihr Alter sei in Sachsenhausen ums Leben gekommen, was könnte da noch schlimmer werden. Seitdem fahren wir jedes Jahr hin, bringen der Alten 'n Kilo Kaffee und 'ne Pulle Kakaoschnaps, kaufen haufenweise Kartoffeln, und dann machen wir ein Bierchen auf, hacken Holz für den Winter, lassen uns voll laufen, und sie macht uns so komische Kartoffelpuffer mit Knoblauch, 'ne echt

tschechische Spezialität. Kommt doch mal mit. Ist superbillig da!», lädt uns Tobi, der breitschultrige Bassist, ein.
«Und was hat das mit dem Namen eurer Band zu tun?», will ich wissen.
«Erzähl ich gleich.» Tobi fährt sich mit den Fingern durch seine langen Haare und klebt penibel zwei Blättchen zusammen. «Gibt kein besseres Mittel gegen Lampenfieber, oder?» Tobi lässt den fetten Joint kreisen, dann spricht er weiter: «Letztes Jahr, auf der Rückfahrt über Raspenava, da sahen wir 'ne umgestürzte Bahnschranke, sie blinkte immer noch, ragte hoch in den Himmel, und am Straßenrand stand so 'n kleiner Škoda an einen Pfosten angelehnt, du weißt ja, das Auto von Pan Tau, vorne war das Ding ganz zerknittert, der Motor dampfte, und ums Auto lief 'ne Frau herum, immer im Kreis, und las laut vor, was da aufm Schild vom Pfosten stand: Pozor vlak! Pozor vlak! Aber weit und breit war kein Zug zu sehen, und wie ich mir das Auto anschauen will und mich auf das Dach stütze, wird mir ganz speiübel.»
«War 'ne Leiche drin, oder was?», fragt Pancho Dirk, zieht einmal kräftig und reicht die Tüte weiter.
«Viel schlimmer. Drinnen lagen so an die dreihundert Eier, völlig zerdeppert, es hätten aber auch gut dreitausend sein können, zerschlagene Eier kann man schlecht zählen, der klebrige Brei sickerte raus, und wie die Sonne drauf schien, wurde der quasi lebendig. Es stank bestialisch.»
«Widerlich, so was.» Pancho Dirk schüttelt sich vor Ekel. «Bei Mutter in der Speisekammer ist mal so 'n Ei explodiert – 'n halbes Jahr lang durfte man die Tür nicht aufmachen, so gestunken hat das. Mutter sagte, wir sollen nicht übertreiben, sie war immer ganz locker, nicht so 'ne Putzterroristin wie meine Oma zum Beispiel, zum Schluss

ist dann aber doch die Desinfektionskolonne gekommen, die Nachbarn haben sie geholt, die haben nicht mehr atmen können, Mutter sagte zwar, dann sollen sie das auch selbst bezahlen, wenn sie so 'ne Sehnsucht nach frischer Luft haben, aber schließlich hat sie's dann doch gezahlt. Hey, gar nicht übel, euer Zeug hier.»

«Da kannst du deinen Arsch drauf verwetten. Modell Harzer Südhang.» Tobi ist nicht zu bremsen. «Meine Freundin sagte noch, hoffentlich geht das Ding nicht in die Luft, und plötzlich waren die Bullen da und der Krankenwagen, und die Frau lief immer noch ums Auto rum, in ihren Haaren glänzten das Eiweiß und das Eigelb, immer wieder sagte sie: Pozor vlak! Pozor vlak! Einer von den Bullen kam dann zu uns und wollte unsere Papiere sehen, was wir denn da im Grenzland so machten und wohin wir wollten.»

«Hehe. Und da habt ihr gesagt, ihr habt gerade 'n Riesenomelett bestellt, stimmt's?» Atom grunzt dämlich.

«Das Schlimmste war, als die Frau schon im Krankenwagen steckte und der gerade losfuhr und von drinnen immer noch dieses Pozor vlak! Pozor vlak! zu hören war, da hab ich's nicht mehr ausgehalten und fing an zu lachen, frag mich nicht wie, der Bulle warf mir 'nen Blick zu, Mensch, da wurde mir ganz mulmig von, das war so 'n junger, eifriger, bei denen weiß man am allerwenigsten, woran man ist, aber plötzlich fing auch der an zu lachen, gab mir die Papiere zurück und sagte: Guutt, guutt, bei der Weiterfahrt sollte ich Polen lieber meiden, die würden 'ne Radarkontrolle vorbereiten.»

Neben den Klos hatte jemand mit schwarzem Edding an unserem Plakat herumgeschmiert. Statt

U-BAHN. Die unerträgliche Bitterkeit des Seins.
Musik für Lebende und Tote.

stand dort

U-BAHN. Die unsägliche Bitterkeit des Schweins.
Musik wie klebende Brote.

Von uns regte sich eigentlich nur Atom so richtig auf, er ist aber auch ein Radikaler. Er riss das Plakat ab und stopfte es ins Klo, mehr konnte auch er nicht tun. Das Ding hing schon eine ganze Woche an der Wand, und die, die zum Konzert wollten, mussten es ohnehin alle gesehen haben. «Ruhig, Atom, nur die Ruhe», redete Pancho Dirk auf ihn ein. «Lass dich nicht aus der Ruhe bringen. Sieh mich doch an: Ich bin stolz drauf. Antiwerbung funktioniert manchmal besser als bezahlte Werbung. Nimm die Bücher von diesem Grass, die aus den Neunzigern. Alle Kritiker haben gesagt, wie furchtbar, müde, schwach und leer, aber sie wurden trotzdem massenhaft gekauft. Sogar den Nobelpreis hat er bekommen!»

Etwa dreißig Leute waren gekommen, mit Abstand mehr, als wir erwartet hatten. Aus unserem Bekanntenkreis erschien Katrin mit zwei Freundinnen: Halina, ein echter Vamp, sinnlich und vollbusig, und die leicht rachitische Gudrun.

«Hör mal, diese Halina, ist die wirklich Polin?», fragte Pancho Dirk, der zu unserem ersten Konzert ein schwarzes T-Shirt mit weißer Schrift trug: *Mit der Gitarre will ich begraben sein.*

Ich nickte. Pancho Dirk schäumte über vor Begeisterung, als spielten wir im Wembley-Stadion und nicht in der *Zosch-Bar*, als glaubte er tatsächlich an eine strahlende Zukunft für unsere Band, als wüsste er sicher, dass wir niemals so enden würden wie die Slades, die, statt weltweit Fußballstadien zu bespielen, in tschechischen Freibädern auftreten.

«Es wird gut, Mann. Das spüre ich. Hab so ein Kribbeln überall. Das T-Shirt ist scharf, oder?»

Erneut nickte ich. Nun mussten wir uns nur noch über die Reihenfolge der Songs einigen. Das ist so eine Sache, die man auf keinen Fall unterschätzen darf. Mit dem ersten Song kann man alles gewinnen oder alles verlieren, er darf weder zu langsam noch zu punkig sein, weder der größte Hit noch das Loserstück.

Klar wollte Atom als Erstes *Ich bin Berlin* spielen, während wir den Song höchstens als Zugabe akzeptierten – an die wir sowieso nicht richtig glaubten. Atom drohte mit sofortigem Ausstieg. Da wir schon wussten, wie ernst Atom es meinte, wenn er was meinte, gaben wir klein bei.

Doch für den Anfang setzten wir ein einfaches, schnelles Lied durch, das wir uns von den Pixies ausgeliehen hatten. Den Text hatte ich zusammen mit Pancho Dirk umgeschrieben, der den Song als «super-existenziellen Pop» bezeichnete – wenn also Camus noch lebte und Punk-Rock spielte, würde das genauso klingen, die Fortsetzung des Gedankens von der menschlichen Entfremdung mit anderen Mitteln ...

Auch unsere anderen Stücke waren der Tradition verpflichtet. Wenn jemand von den Stooges, Stranglers oder Joy Division unser Konzert mit seiner Anwesenheit beehrt hätte, hätte er sich mehr als heimisch gefühlt. Nur Kundera und

Bukowski nicht, weil sie mehr so gefühlsmäßig vertreten waren.
«Im Gegensatz zu einem Gitarrenakkord sind Gefühle nicht greifbar, man kann sie nur spüren wie an einem schwülen Tag das Gewitter», lachte Pancho Dirk.
Aber soll man sich deswegen graue Haare wachsen lassen? Kann man noch was Neues erfinden, wo schon alles gesagt wurde? Wenn es reicht, abwechselnd die Akkorde c, g und d zu greifen und den Rhythmus drei Minuten lang zu halten?
Nein.
Und nochmals nein. Man kann einen langsamen oder schnellen Song schreiben, man kann einen anderen schreiben, dessen Strophen sich schleichend wie Rauchkringel in der Luft auflösen, während der Refrain explodiert wie ein Vulkan, aber im Grunde genommen ist das auch schon alles.
Rockmusiker haben es nicht besser als Hamburger- und Kebabverkäufer: «Versuch mal, 'nen neuen Hamburger zu erfinden! Versuch mal, das Fleisch irgendwie anders zu hacken. Geht nicht! Und versuch mal, 'nen Song anders zu schreiben! Es ist traurig, aber unsere Generation ist zum ewigen Kopieren und Klauen von Akkorden verurteilt. Falls du kein Techno spielen willst, dann kannste dir nur 'ne neue Philosophie inklusive T-Shirt ausdenken. Höchstens an den Texten kannst du ein bisschen was schrauben.»
Pancho Dirk hat Recht. Absolut. Techno wollen wir nicht spielen, weil wir keine Roboter sind. Funk oder Hip-Hop wollen wir auch nicht spielen, weil wir keine Schwarzen sind. Also versuchen wir uns in einer neuen Philosophie. In erster Linie aber wollen wir spielen.
Katrin tauchte in der Garderobe auf und gab mir einen

Kuss. Zwei etwas kleinere hauchte sie je auf Pancho Dirks und Atoms Wangen. Eine Art Glücksbringer. Sie wollte wissen, ob wir nervös waren. Was kann man dazu sagen, anderthalb Minuten vor dem ersten Konzert? Wir sagten gar nichts.

Unsere Band war als zweite dran. Wir rauchten zu Ende, stimmten die Gitarren und stürzten auf das kleine, schlecht beleuchtete Podium. Pancho Dirk schrie ins Mikro, in den stillen Saal hinein:

«Hey, wir sind U-BAHN, Musik für Lebende und Tote. Das erste Stück heißt *Tunnel.*»

«Und ich bin Harald der Goldhaarige, King aller Wikinger!», rief jemand von hinten.

Atom am Schlagzeug zählte an, Pancho Dirk fiel mit dem Bass ein, ich hieb den ersten Akkord in die Saiten.

Pancho Dirk stellte sich auf die Zehenspitzen und neigte sich zum Mikro:

Vorm Zug 'ne kalte Nebelflut
Ist da die Liebe? Hab ich Mut?
Aus meinen Wangen weicht das Blut
Ja, mein Kopf der sitzt noch gut

Der Typ dort weiß genau Bescheid
Greift in die Tasche – kennt mein Leid
Der Rauch der letzten Zigaretten
Verwandelt uns in Silhouetten

Der U-Bahn Kopf
Das ist mein Kopf
Spür Lärm und Schmerz
Vorbei mein Herz

«Genau! Musik wie klebende Brote!», schrie von hinten Harald der Goldhaarige.
Es gab aber auch ein bisschen Applaus, der streichelt die Seele und stärkt sie. Wir setzten an zu *Nightclubbing* und *China Girl*, bewährten Nummern von Iggy Pops Platte *Idiot*, die er zusammen mit Bowie hier in Berlin aufgenommen hatte. Die hatte ich in Prag mit Žeňa häufig gehört. Mit Žeňa hatte ich überhaupt viel Musik gehört, auch oft mit ihr darüber gesprochen. Irgendwann hatten wir dann seltener zusammen Musik gehört und gar nicht mehr darüber gesprochen. Und zum Schluss dann nicht einmal mehr zusammen gehört. Katrin allerdings findet sie – die Platte – etwas altmodisch.
Obwohl Atom mindestens zweimal aus dem Takt kam und beim zweiten Song meine Gitarre verstimmt war, packte unsere Musik die Frauen auf Anhieb, genau auf diesen Effekt hatten wir gesetzt. Manchmal ist es gut, sich mit fremden Federn zu schmücken. Es sieht gut aus. Man muss sie nur rechtzeitig ablegen können.
Ja, wir lieben Bowie und Iggy Pop. Atom erzählte mal, sein Onkel, ein ostdeutscher Rocker, der in den Westen abgehauen war, hätte die beiden regelmäßig in den kleinen türkischen Lebensmittelläden auf der Schöneberger Hauptstraße getroffen. Dort hatten sie in den Siebzigern gewohnt. Zu den Läden waren es nur ein paar Schritte gewesen, aber Iggy und Bowie hätten stets Pops alten schwarzen Mercedes genommen, mit den Spanplatten statt Autoboden.
«Jeden Nachmittag kaufte mein Onkel dort Gemüse und Bier, Pop und Bowie holten sich immer zwei Liter Milch und 'ne Flasche Wodka. Nie haben sie was anderes genommen», sagte Atom. «Bis mein Onkel einmal fragte: ‹Iggy,

warum immer nur Milch zum Wodka? Warum nimmste keinen Orangensaft?›
Worauf Iggy Pop sagte: ‹Schon mal die Milchstraße aus der Nähe gesehen?›
‹Neee›, sagte mein Onkel.
‹Na siehst du. Ich auch nicht. Nicht jeder kann Gagarin sein. Zumindest nicht aus dem Stand.›»

Pancho Dirk kündigte den nächsten Song an.

GAGARIN POP

Am Himmel rosten zwei Raketen
Wodka-Tanks mit eis'gen Nähten
Drin Gagarin und Iggy Pop
Ein ödes Spiel over the top

Beim Refrain schloss ich mich an:

Gagarin kann nicht jeder sein
Doch du kannst es probieren
Gagarin kann nicht jeder sein
Und dabei explodieren

Und dann ließ ich die Gitarre aufheulen, den Mädels müssen die Ohren nur so gedröhnt haben, ich weiß nicht, wie Katrin dazu steht, Žeňa hatte sich immer die Ohren zugehalten, wenn die Gitarre jaulte. Sie liebte melodische Songs. Melancholische, melodische Songs.

Und Pancho Dirk schrie:

Der Rocker sucht die Liebe
Im All, im All, im All
Die Schönheit sucht der Kosmonaut
Im All, im All, im All

Jemand von Pozor vlak! feuert uns an: «Super. Und ab geht's!»
Und wir machen mit dem nächsten geklauten Song weiter, mit Bowies *Heroes*. Ich singe den englischen, Pancho Dirk den deutschen Part, wir strecken es auf gute acht Minuten, mein Handgelenk wird ganz starr, hier haben sich Bowie und Eno nicht gerade viel einfallen lassen, immer wieder der gleiche Riff, der aber tief aus dem Herzen kommt, darum ist er auch so schön.
Der Saal kocht. Acht, nein, zehn, sogar zwölf Leute tanzen, fast nur Frauen, jemand schickt uns Schnaps auf die Bühne, und ich stelle überrascht fest, auch Glück kann man klauen. Bloß dass es nicht ewig währt.
Das Stück, das Pancho Dirk nach seinem Misserfolg mit Katrin geschrieben hatte, kam auch gut an, aber dann ist doch passiert, was passieren musste: Der Song, der zu unserem atomaren Tod führte, *Ich bin Berlin*, der Abgesang unserer Punk-Rock-Party in der *Zosch-Bar*, wo wir seitdem Auftrittsverbot haben.
Schlagzeuger und Köche haben eins gemeinsam – hinter ihren Töpfen und Tellern bekommt man sie kaum zu Gesicht, ohne sie kommt aber keine Kneipe und keine Rockband aus. Manchmal setzt ihnen diese Ungerechtigkeit schwer zu, was durchaus nachvollziehbar ist.
Auch Atom wollte gesehen oder zumindest wahrgenom-

men werden. Er ging die Sache mit solcher Hingabe an, dass sich die große Fußtrommel bald ganz lockerte. In kleinen Schüben hoppelte sie quer übers Podium, schließlich kippte die Trommel um und riss Pancho Dirk mit. Zum Glück war das Lied da schon zu Ende.

Pancho sprang auf, ihm war das Ganze peinlich, er wollte sich entschuldigen, aber die Leute standen und klatschten und schrien, das sei toll gewesen, und ein alter Hippie posaunte herum: «War das 'ne Nummer! Ey Man, genau so wie bei The Who. Auch ich bin Berlin! Wir sind alle Berlin! Reißt alles nieder!»

Jemand sprang ihm auf den Kopf, wollte ihm eine runterhauen, traf aber den Punker daneben, der prompt zu Boden ging. Sofort war er wieder auf den Beinen, verteilte zwei, drei Schläge und ging wieder zu Boden, und der Typ, der sich als Harald der Goldhaarige vorgestellt hatte, kniete auf seiner Brust. Kreischende Frauen kletterten aufs Podium, der Hippie riss ein Blechschild mit Bierwerbung von der Wand, warf es in den Raum und traf Atom. Atom explodierte. Laut röhrend stürzte er sich mit geballten Fäusten in die Menge.

Pancho Dirk zieht Halina aufs Podium und dann zu sich, flüstert ihr etwas ins Ohr, sie grinst und nickt, «Ja, ja. Aus Warschau.» Pancho Dirk umarmt sie, und ich umarme Katrin. Sie sagt, das heute sei schon ganz gut gelaufen, bloß sollten wir beim nächsten Mal etwas länger spielen, vielleicht auch die Mikros besser einstellen, die Nummer am Ende, die sei gar nicht schlecht gewesen, die sei ja der direkte Beweis dafür, dass wir Musik aus reiner Leidenschaft machen.

Ich drücke sie fest an mich, ihre Haare riechen ganz anders

als sonst, als ob sie sie mit frischer Kamille gewaschen hätte. Gemeinsam schauen wir uns das Getümmel unterm Podium an. Es sind nicht viele, die sich dort raufen, aber im halbdunklen Saal sieht es nach einer ganzen Division johlender Wilder aus. Pancho Dirk sagt, zwei der Schläger habe er erkannt, sie gehörten zu «Lennons Friedensmafia», diesen in ewiger Pubertät stecken gebliebenen Hippies, die sich immer noch gerne um des Friedens willen schlagen, bloß wolle sich der Weltfriede partout nicht einstellen, darum würden sie immer aggressiver. Ihre Anführerin, eine sechzigjährige Powerflower mit watteweicher Birne, behaupte, mit Lennon in Verbindung zu stehen. Bei denen müsse man richtig aufpassen, die seien so was wie die Kosovo-Mafia, ihnen gehe es darum, die Macht über den gesamten Berliner Underground zu ergattern.
Hm, hm, sage ich, und erst in dem Moment wird mir klar, dass der Typ, der die ganze Zeit hinten im Saal unter dem Notausgangsschild stand, derjenige war, der sich heute früh von mir *Let It Be* hatte spielen lassen. Er trug einen knielangen braunen Ledermantel, und seine Augen waren so merkwürdig klar und durchdringend. Davon abgesehen war er ganz grau, noch grauer als die Wände am Eingang zum U-Bahnhof Potsdamer Platz, wo ich spielte. Schon das war komisch, dass er sich einen Song gewünscht hatte, die meisten sprechen nie einen Wunsch aus, sie rasen nur vorbei, im besten Fall schalten sie einen Gang zurück und werfen eine Münze ein.
Er aber summte das Lied mit und drehte sich dabei im Kreis. Ich dachte, ein Verrückter, man wird mich seinetwegen noch hier verweisen, aber die Leute schienen ihn gar nicht zu bemerken, sie liefen ganz normal weiter, wandten nicht einmal den Blick ab wie sonst, wenn sie einen Irren

oder sonst wie Kranken sehen, manche blieben sogar drei Sekunden stehen, um mir ein paar Cent zu geben.
Der graue Typ tanzte unsicher wie ein Schuljunge, der zum ersten Mal auf Schlittschuhen steht und auf dem zugefrorenen Teich keinen Halt findet. Und genau so, wie ab und zu ein Schlittschuhläufer unter dem Januareis verschwindet, ohne dass es jemand aufgefallen wäre, um erst im Mai aufzutauchen, war auch er plötzlich weg, bloß in meinem Becher blieben zweiundachtzig Cent von ihm übrig. Und in mir blitzte die Frage auf, ob es sich nicht um eine dieser Gestalten gehandelt haben könnte, von denen Günter neulich erzählt hatte. Eine dieser Gestalten, die von den meisten Menschen übersehen werden, weil sie keine Menschen mehr sind, oder wenn, dann nur zur Hälfte. Kurzum, eine dieser Gestalten, die durch die U-Bahn ums Leben gebracht wurden und die nach ihrem Tod auf ewig im U-Bahn-Reich blieben, anstatt in den Himmel aufzufahren.
«Siehst du den Typen da?», frage ich Katrin.
«Wen meinst du?»
Hinten im Saal war keiner mehr. Die Leuchtbuchstaben von *Notausgang* sezierten die Dunkelheit in lange gelbe Streifen. Durch die Luft sausten Flüche, Fäuste und Flaschen. Irgendwo da unten wurden sie immer wieder mit unerträglicher Bitterkeit aufgefüllt, die einen zum Raufen zwingt.
Und plötzlich, als ob ein Blitz in den Laden einschlüge, donnerte jemand: «Und Schluss jetzt, verdammt! Hab ich mich klar ausgedrückt?»
Das war Atom.
Und das war das Ende.

AUGEN VOLLER SCHOTTER

Am Imbiss am unteren Bahnsteig des Bahnhofs Friedrichstraße donnern S-Bahn-Züge vorbei. Menschen strömen die Treppe hoch, andere eilen nach unten und tummeln sich am Bahnsteigrand. Es passiert so viel auf einmal, dass letztendlich gar nichts geschieht.

Günter kaut an seiner Schrippe und sagt: «Für 'ne Stadt sind Schienen lebensnotwendig. Nicht nur verkehrstechnisch, meine ich, von wegen hier unten gibt's keinen Stau. So 'ne Stadt hält nur dank der Schienen zusammen. Als die Menschen versagten und die Stadt auseinander brechen ließen, da hielten sie nur noch die Schienen zusammen.»

Er zerknüllt eine Schachtel *Cabinet* und reißt das Stanniol von der neuen. «Wenn du dir das hier ankuckst, was siehst du?» Günter holt den Verkehrsnetzplan von Berlin aus der Tasche. Dann steckt er sich eine an, ganz langsam zieht er den ersten Zug ein, damit jedes einzelne Lungenbläschen den Rauch persönlich begrüßen kann.

«Was ich sehe? Na, so Linien, die U-Bahn halt, und die S-Bahn.»
Günter bläst Rauch aus und sagt, meine Augen wären ja nicht von schlechten Eltern, aber ich solle mir jetzt bitte diese Linien als Drähte vorstellen, in etwa so wie diese Bypässe, mit denen das stockende Herz von Boris Jelzin gehalten wird, damit es weiterpochen kann. Ohne diese Linien, sagt Günter, wäre die Stadt noch stärker zerstückelt als ohnehin schon, ohne diese Linien hätte sie seit langem aufgehört zu atmen, die U-Bahn sei es, die auf diese Art und Weise Berlin zusammenhalte, auf keinen Fall die Menschen.
«Die Menschen, die haben hier total versagt. Hätten die sich an die Schienen gehalten, hätte es zu dem ganzen Unglück der letzten fünfzig Jahre gar nicht kommen müssen.»
Als man im August einundsechzig angefangen hatte, DAS DING zu bauen – bei Günter heißt die Mauer grundsätzlich nur DAS DING –, als man also angefangen hatte, DAS DING zu bauen, da habe man gleichzeitig auch die Linien der U- und S-Bahn durchtrennt, weil sie die Adern der Stadt bilden. Günter erinnert sich, wie damals auf den Bahnsteigen MG-Schützen aufgestellt wurden, als man die Gleise herausriss, die Eingänge zumauerte und anfing, Beton zu mischen.
«Und da hat man keinen gewöhnlichen Beton gemischt, aus dem man heutzutage die Plattenbauten schneidet, sondern 'nen echten Kriegsbeton, den für die Bunker. Auf so 'nen Bunker kannste aus 'ner Entfernung von fünf Kilometern 'ne fünfhundert Kilo schwere Bombe werfen, und was passiert? Gar nichts. Die da unten kriegen vielleicht etwas Staub in den Kaffee.» Günter gibt weiter, was ihm sein Cousin, der Betonmischer, erzählt hat, den man von einem

Bau an der Ostgrenze zum Bau von DEM DING nach Berlin zurückbeordert hatte.
Unter den Straßenzügen, die über Nacht dem Osten zugeschlagen wurden, waren zwei westliche U-Bahn-Linien und eine S-Bahn-Strecke als Schneisen geschlagen. Jede Nacht morsten die Züge einen ratternden Underground-Blues in die Tunnelwände, der da oben von jedermann gehört wurde, bloß dass keiner nachschauen konnte, wer die Musiker waren.
Günter trinkt einen Schluck Kaffee und sagt, unter der Stadt gebe es eine Menge Geheimgänge, halb zu Ende gebaute Tunnel, zerfallene Bunker und Höhlen, über die seit Jahrzehnten keiner Bescheid wisse. Und was da unten wirklich geschehe, das wisse erst recht keiner, aber es schien ja auch keinen so richtig zu interessieren.
Am Imbiss dröhnt ein Zug vorbei. Menschen strömen die Treppe hoch, und andere eilen nach unten. Zu uns am Stehtisch gesellt sich Hagen, auch er ein Zugführer mit Bierbauch, allerdings von der S-Bahn-Mannschaft. Ringsumher passiert so viel, dass letztendlich nichts geschieht. Eine Lautsprecherstimme meldet, der Zug nach Bernau verspäte sich um drei Minuten.
Günter erzählt, unter Kreuzberg gebe es einen vierhundert Meter langen Tunnel. Er sei nicht tot, bloß nicht zu Ende gebaut. Und jetzt warte er darauf, von wem auch immer aus dem Dornröschenschlaf erweckt zu werden. Unterm Oranienplatz wird der Tunnel breiter, dort wollte man mal einen Bahnhof bauen. Und man hat ihn auch gebaut, bloß fährt dort kein Zug ein oder ab.
«Hast du nicht gehört, wie den ein Türke als Gemüselager mieten wollte? Der hat ganz schnell 'nen Rückzieher gemacht, dort is' es ja so was von still, dass es einen umhaut,

man hört selbst das, was sonst gar nicht zu hören ist. Und keiner wollte da arbeiten, kein Türke, nicht einmal 'n Polacke, und dabei nehmen die jeden Job an, alle hatten Schiss. Man munkelt ja, dort wären all die verkohlten Leichen mit einbetoniert, die Opfer von den Phosphorbomben, als die Amis sie Nacht für Nacht über Kreuzberg abwarfen», erzählt Hagen.

Und er fügt hinzu, manche seiner Kollegen hätten Angst gehabt, wenn sie durch die abgesperrten Bahnhöfe unter Ostberlin fahren mussten. Dort waren DDR-Grenzer postiert, man habe sie meistens nicht sehen können, höchstens mal einen Schatten oder das glimmende Ende einer Zigarette, aber man habe sie immer riechen können. Sie passten auf, dass keiner durch den Tunnel in den Westen entkam. Sie passten auch aufeinander auf, damit keiner von ihnen auf den Westzug sprang, wenn da einer mal plötzlich anhielt. Diese Zwischenstopps waren zwar nicht erwünscht, aber ab und zu kam es doch vor, dass die Ampel auf Rot schaltete.

«Einmal, am Potsdamer Platz, ist 'n tauber Opi ausgestiegen. Keine Ahnung, wie er überhaupt die Tür aufkriegen konnte, aber er stieg einfach aus. Die Ostgrenzer gerieten sofort außer sich, mit entsicherten MGs standen sie da, und der Alte spazierte einfach den Bahnsteig auf und ab, und bei jedem Schritt hinterließ er Spuren im Staub wie Neil Armstrong auf dem Mond ...» Hagen legt den Kopf in den Nacken, nimmt einen Schluck Bier und kuckt durch die Glasscheibe zum Bahnsteig, wo gerade ein Zug nach Buch angehalten hat. Menschen strömen die Treppe hoch.

«Ein anderes Mal hab ich so 'nen Zug voll mit aufgedonnerten Madmoisells gefahren, von Frohnau nach Schöneberg, und gleich darauf den nächsten Zug von Schöneberg nach Frohnau mit anderen, genauso aufgebrezelten Schülerinnen, und es sah aus, als ob die MG-Jungs nur ihretwegen auf den Bahnsteigen promenieren, als ob sie 'ne riesige Modenschau abhalten und der Laufsteg sich nur durch Zufall nicht auf dem Ku'damm befindet, sondern auf dem Bahnhof Potsdamer Platz, den seit Jahrzehnten keine Zivilperson betreten hatte. Bis auf den alten Mann, mein ich.

Es sah fast so aus, als ob die jungen Männer keinen wichtigeren Auftrag hätten, als sich den Mädels zu präsentieren … Und die aber waren so frech, ich meine die Mädels, dass sie Zeitschriften aus dem Fenster warfen, um die Jungs zu ärgern, oder so Reklamezeug vom KDW oder leere Cola-Dosen, um zu demonstrieren, was ihnen da im Osten alles entgeht, mit Kaugummi klebten sie kleine Zettel mit Texten wie *Ich liebe deine Knarre* auf die Fensterscheiben, das Ganze schmückten sie noch mit Küssen aus. Im Depot musste ich mal selbst ran, als die Putzfrau krank war, roten Lippenstift vom Glas wegwischen, das geht verdammt schwer ab, ohne Chemie schon gar nicht. Na denn, 'nen schönen Tag noch, Jungs …»

Günter hebt die Hand hoch, um Hagen zu verabschieden, und fragt, wie es mir gehe und was die Katrin so mache, heute käme ich ihm irgendwie traurig vor.

Ich sage, dass Katrin einen Job sucht und dass es ihr sonst gut geht, mir übrigens auch, was stimmt, weil, Katrin und ich, wir leben im Einklang, wir sind uns ganz nah, ich spüre, dass wir uns sogar an manchen Stellen überschneiden, genau so, wie sich auf der Karte, die Günter aus der Tasche geholt hat, die Linien der U- und der S-Bahn überschneiden.

Nur etwas müde fühle ich mich. Vom ewigen Spielen tun

mir die Handgelenke weh, und die monotone Reihenfolge der Lieder verursacht mir ein leichtes Sausen im Kopf. Aber wenn man die Leute für eine Sache gewinnen will, muss man immer das spielen, was sie mögen, was sie rührt und was ihnen Tränen in die Augen jagt, das allerdings nicht buchstäblich.

Kaum jemand weint gerne in der Öffentlichkeit, es ist eine Kunst, die richtige Stimmung zu treffen und einen Song zu kochen, aber nicht zu zerkochen. Es ist wie bei Spaghetti, mit Biss sind sie perfekt, weich taugen sie gerade noch für die Kloschüssel. Genau so wollen die Menschen, die U-Bahn fahren, ihre Lieder serviert bekommen, von innen lassen sie sich gern rühren, nach außen hin aber bleiben sie so hart wie Günters Bunkerbeton.

Günter fragt mich, was die Menschen am liebsten hören, traurige oder lustige Songs. Da bin ich inzwischen Experte. Meistens kommen die Heartbreakers besser an als die Hipshakers, aber man darf es nicht verallgemeinern, jede Linie hat ihre Eigenheiten.

Zum Beweis erstelle ich für Günter die Hitliste meiner letzten vier Wochen:

Top 6 der Berliner U-Bahn (nach Petr Bém)

1. Bob Dylan – *Knockin' On Heaven's Door* (bewegt jeden, ob jung, alt oder tot)
2. Beatles – *Let It Be* (auch hier gilt lebenslängliche Erfolgsgarantie)
3. Bob Dylan – *Times They Are A-Changin'* (Vorsicht: Frauen mögen den Song nicht, als fühlten sie sich beim Hören gleich älter)
4. Verve – *Lucky Man* (eine melancholische Nummer nicht nur für den Montagmorgen, läuft am besten in der U2, wo das Jungvolk fährt)

5. Bob Dylan – *Like A Rolling Stone* (danach sind die Kreuzberger Rocker geradezu süchtig)
6. Lou Reed – *Walk On The Wild Side* (die Sekretärinnen vom Potsdamer Platz glauben, es geht um Liebe und nicht ums Ficken)

Und, war da irgendein ausgesprochen schneller Song dabei? Nein.

Wenn ich mal etwas Schnelleres spielte, so wie *Live Forever* von Oasis, stampften die Leute zwar im Rhythmus, aber im Becher mit der Aufschrift *Nescafé – Guten Morgen, Deutschland*, den Katrin mir geschenkt hatte, klirrten wesentlich weniger Münzen, als wenn ich ihnen den Weg ins Tränental wies.

Bereits beim ersten Akkord von *Times They Are A-Changin'* kann man zwei, drei Leute beobachten, die kurz von ihrer Zeitung aufblicken, vom Nahostkonflikt oder von der Werbung für einen Thailand-Urlaub, und von da an muss ein Musiker alles geben, denn die Leute haben soeben die Tür zum Vorzimmer ihrer Gefühle, ihrer bittersüßen Gedanken und ihrer Geldbörsen geöffnet. Sie wollen verzärtelt, verhätschelt und verwöhnt, wollen wehmütig gestimmt werden, aber Achtung! – keine Gefühlsqualen leiden.

Ein bisschen Wehmut besänftigt genauso wie ein Löffel Honig vor dem Schlafengehen. Die Menschen brauchen dringend ihre Portion Emotion, damit sie beim Betreten von Bank oder Büro ausgeglichen sind, hart und kompromisslos genug, um Kündigungen zu unterschreiben, Knöllchen zu verteilen oder sich die Vorwürfe des Vorgesetzten anzuhören und ekligen Automatenkaffee zu trinken, denn einen echten Espresso bekommt man in einer Papier-und-

Stempel-Fabrik nie. Mittags bestellen sie sich eine Pizza Broccoli oder zwei Portionen Sushi, ein Büromensch isst keinen Döner und keine Curry-Wurst, das ist ihm zu prollig. Von allen Krawattenträgern fühlt sich mit einer Currywurst auf dem Papptablett lediglich der Kanzler wohl.

In unserem U-Bahn-Abschnitt sollte sich Herr Dylan jedenfalls eine Mautstelle einrichten, Millionen an Tantiemen gehen ihm durch die Lappen; allein ich spiele seine Lieder zehnmal am Tag – wenn ich spiele und nicht gerade anderer Leute Sachen umziehe oder mit Katrin auf der Couch liege.

Dylans finanzieller Schaden ließe sich problemlos beziffern, sagen wir mal, ich schulde ihm Geld für eintausend Male, die ich seine Songs zum Besten gegeben habe. Aber er verliert noch mehr: seinen Ruf. Jeder Zweite spielt seine Musik ohne Gefühl und Verstand, verfälscht die Melodie, schmeißt die Strophen um und bringt die Worte durcheinander, dabei sind im Gegensatz zu politischen Losungen gute Lyrics nicht austauschbar.

Sollte Dylan, wie man erzählt, ein soziales Gewissen besitzen, sollte er tatsächlich ein Herzens- und kein Geschäftsmann sein, dann wird er uns die Tantiemen verzeihen. Was er aber sicher niemals verzeihen kann, ist die vermurkste Version von *Blowin' In The Wind*, die ich am Nachmittag von einem jungen Südamerikaner am Bahnhof Hackescher Markt mit anhören musste.

Günter fragt, wie das erste Konzert von U-BAHN denn nun ausgegangen sei, Katrins Vater hätte ihm von einer Messerstecherei erzählt, und ich stelle die Sache richtig, Tote und Verletzte habe es nicht gegeben, von unserem Schlagzeuger abgesehen, der sich das Handgelenk verstaucht hatte. Das sei der Grund, sagt Günter, warum er, genauso wie Katrins Vater, Country bevorzuge, bei Konzerten von Johnny Cash gebe es keine Schlägereien, Country besänftige die Seele. Ich setze dagegen, dass unser letztes Konzert eins a verlief, es war bereits das dritte. Wir spielten auf einem Minifestival, in der Turnhalle jenes Gymnasiums in Prenzlauer Berg, das Atom früher besucht hatte, und die Leute haben sich klasse unterhalten und getanzt. Am übernächsten Tag tauchten in der *Berliner Zeitung* sogar ganze drei Zeilen über uns auf, wo wir als Hoffnung der unabhängigen Berliner Szene gefeiert wurden. So stand da, die Band U-BAHN sei ihrem Namen treu, denn sie spielt «laut und schnell». Überraschenderweise wurde Atoms Primitivsong *Ich bin Berlin* besonders lobend erwähnt, weil man in ihm die seelische Leere der heutigen Zeit widergespiegelt sah. Atom platzte fast vor Stolz, und wir mussten ihm schleunigst wieder etwas Luft ablassen, denn in der Band roch es auf einmal bedrohlich nach Revolution.

Günter nickt erfreut, wenn wir also die Hoffnung sind, würde er beim nächsten Konzert mit Frau und Tochter vorbeikommen, wo wir schon über die U-Bahn singen. Er verlässt den Imbiss und beugt sich über die Gleise, um einmal kräftig auszuspucken. Um Haaresbreite verfehlt die Spucke die Stirn des Zuges, der hier gen Süden nach Lichterfelde vorbeibraust.

Zurück am Tisch, wischt er sich den Mund mit dem Ärmel ab: «Der Schotter, da unter den Schienen, das ist so was wie unser Gedächtnis.»

«Wie meinen Sie das, Gedächtnis?»

«Vor etwa einem Jahr kamen hier Ärzte vorbei, aus 'nem Hamburger Labor, sie wollten 'ne neue Forschungsmethode ausprobieren. Sie haben die U1 genommen, ist ja die älteste Linie, hundert Jahre alt, und fingen an zu graben. 'ne ganze Nacht lang wälzten sie am Bahnhof Wittenbergplatz den Schotter hin und her, die weißen Kittel ganz mit Öl und schwarzem Staub verschmiert, aber sie hatten ihre Freude dran, wie die Kinder im Sandkasten lachten sie und gruben immer tiefer im Dreck, ständig riefen sie sich was zu und zeigten einander kleine schmutzige Steine, als ob es Smaragde wären, die sammelten sie dann in Plastiktüten auf ...»

Was die denn an den Steinen entdeckt hätten, frage ich.

Günter trinkt einen Schluck Kaffee und sagt, wenn jemand gesprungen ist, könne man zwar den Bahnsteig und die Maschine wieder auf Hochglanz bringen, in dem Schotter da unten aber bleibe alles aufbewahrt, wie in einer Konserve.

«Und so haben sie da fünfundachtzig Jahre alte Blutspuren gefunden, einen gebrochenen Kieferknochen, 'nen Teil von so 'ner Brille ... Stell dir vor, schon vor fünfundachtzig Jahren haben sich Menschen vor den Zug geworfen. Würde mich interessieren, ob sie dafür andere Gründe hatten als die Leute jetzt. Wahrscheinlich nicht. So 'ne Krankheiten kannst du nicht ausrotten, die kleben an uns wie die vier Jahreszeiten. Fünf Menschen hab ich überfahren. Der erste ist wegen Liebeskummer gesprungen, zwei wegen unheilbarer Krankheit, bei dem Mädchen war's 'n Unfall, wie die unter meine Räder gekommen ist, und der Junge, der ist auch nicht gesprungen, sondern gestürzt, als er auf dem Dach surfte. Die Jungs kriegen's meistens geregelt, bloß dieser ist irgendwo zwischen Alex und Stadtmitte aufs Dach geklettert, dort ist die Tunneldecke an ein paar Stellen ganz niedrig, und das wissen diese Kids nicht. Der flog mit gespaltenem Schädel runter. Ich hab's nicht gesehen, einer der Fahrgäste hat mitgekriegt, wie er am Fenster vorbeisegelte, und hat die Notbremse gezogen, der Zug musste zwischen den Stationen halten, immer ein schlechtes Zeichen. Einen klitzekleinen Moment war der Junge noch bei Bewusstsein, doch bald holte ihn der Tod heim, er starrte mich so an, dass ich seine Augen mit der Hand zudecken musste, noch 'ne Woche später spürte ich seinen Blick auf meiner Handfläche.»

«Und was hat man sonst so im Schotter gefunden? Alte Kippen?»

«'nen Haufen Blödsinn wie Scherben von Bierflaschen oder Eisstiele und Hüllen von Süßkram, das man heute nicht mehr kaufen kann. Ausgerechnet daran zeigte sich ein Sammler aus Lüneburg interessiert, ein gewisser Herr Schwarze. Seinen ganzen Hof soll er bereits mit diesen Papierhüllen tapeziert haben ... Aber dieser Schotter wird jetzt fast überall ausgewechselt, damit die Schienen besser aufliegen und die Züge schneller fahren können, bald wird keiner mehr was vom Schotter ablesen können ... Du kommst mir heute wirklich traurig vor ...»

«Nein, nein, alles in Ordnung, bloß 'ne vorübergehende Materialermüdung», versuche ich zu witzeln. Durch die halb offene Imbisstür dringt die Stimme aus dem Lautsprecher zu uns, die einen Zug gen Norden nach Oranienburg meldet. Die Bahn saust vorbei, Menschen strömen die Treppen hoch oder eilen nach unten. Es passiert so viel, dass letztendlich gar nichts geschieht.

«Du bist doch noch so jung ... Versuch's mal mit Meditation, das hilft. Ich hab vor 'nem halben Jahr damit angefangen, und stimmungsmäßig geht's kolossal aufwärts. Ich setz mich so ans Fenster, atme langsam aus und lass meinen Gedanken freien Lauf. Das hat mir unser Psychologe empfohlen, mit Meditation würde man den Kopf am besten frei kriegen, wenn du in dich selbst eintauchst wie ein U-Boot ins Meer, dann tauchste ganz blank wieder auf, wie 'n Blatt im neuen Schulheft, tabelrasant, sagt unser Psychologe ... Und ich sag zu ihm, schon möglich, aber *die* drängen sich immer dazwischen. Beim Meditieren klettern mir die Überfahrenen in den Kopf und erzählen mir ihre Geschichten. Immer wieder im Kreis! Als ob sie mich zu ihrem Beichtvater gekürt hätten. Ganze Romane könnte man drüber schreiben! Ich hab's mal der Sandra erzählt, Frau Blume mein ich, sie soll's doch in ihre Chronik reinnehmen, aber sie hält mich für bekloppt, dabei bin ich kerngesund. Von wegen, ich soll's alleine aufschreiben ... Aber was kann ich dafür, dass ich sehe, was ich sehe? Oder dass ich sie fast immer in der Nähe weiß? Auch jetzt?»

Und mir fällt der Typ im braunen Mantel ein, für den ich neulich morgens auf dem Potsdamer Platz gespielt habe und der zu unserem ersten U-BAHN-Konzert in die *Zosch-Bar* gekommen ist, ganz hinten unter dem Schild *Notausgang* stand der, und seine Augen leuchteten wie Taschenlampen oder wie die Scheinwerfer eines U-Bahn-Zugs ...

Manchmal habe ich das Gefühl, er begleitet mich in der U-Bahn. Als wir letztens mit der U1 durch Kreuzberg fuhren, kam es mir vor, als würde er mir vom anderen Waggonende entgegenstarren. Doch am Kottbusser Tor stürzten sich alle auf einmal aus dem Zug, und mitten unter den Türken und Punkern auf der Treppe verlor ich ihn aus den Augen, irgendwo unten muss er abgetaucht sein, auf dem Bahnsteig der U8 ... Katrin glaubt, ich verfalle in psychedelische Zustände und werde ihrer Großmutter immer ähnlicher.

«Die Schwingungen, die sie freisetzen, dafür muss man 'n

Gespür haben. Setz dich mal auf so 'ne Bahnhofsbank, schließ die Augen und hör dir das Stimmengewirr an, tu so, als ob du schlafen würdest … Und du kriegst sie mit, ihre Seelen quietschen ganz leise vor sich hin, wie ein Zug, der im Schritttempo ins Depot fährt, dieses Reiben der Waggonräder an den Weichenzungen. Genau so ein Ton ist das – schmachtend vor Sehnsucht.»

WER HAT ANGST VOR GEWITTER

Irgendwo in dieser Stadt stehen zwei Häuserzeilen. Die Straße, die sie umschließen, heißt Dänenstraße. An ihrem Anfang wankt ein Mietshaus. Obwohl es am äußersten Rand der Straße steht, trägt es die Ordnungsnummer zwei. Damit verwirrt es Taxifahrer und Müllleute, die Einheimischen und jede Trantüte.

Die Hausnummer eins wurde durch eine mittelschwere Bombe im Februar 1945 aus dem Gebiss der Straße herausgehauen. Keiner weiß, ob es eine amerikanische, britische oder russische Bombe war, denn im Gegensatz zu Briefen haben Bomben keine Poststempel. Adressaten aber durchaus. Ein Ersatzzahn wurde bisher nicht eingesetzt. Stattdessen gibt es einen Parkplatz.

Auf diese Weise hat das zweite Haus das erste zwar überholt, das Rennen gegen die Zeit aber keinesfalls gewonnen. Es ist alt und morsch geworden. In den letzten Jahren wurde es immer leerer, als ob es bald zusammenfallen sollte. Womit ich keinesfalls schlechte Zeiten heraufbeschwören will – die kommen ohnehin nicht, wenn man sie ruft, sie sind unser ständiger Begleiter. Ganz im Gegenteil: Ich wollte sagen, der Himmel über den roten Dächern ist heute wolkenfrei, der Frühling fängt an.

Es ist frühmorgens. Im Haus, das einst das zweite war, aber heute das erste ist, renne ich die Treppe hoch bis in den vierten Stock. Katrin wohnt hier, und immer öfter auch ich. Ich schließe die Tür auf, werfe die Zeitung auf den Tisch und die leere Einkaufstüte in die Kammer.

Katrin ist gerade aufgestanden. Sie zaust ihre Haare und kuckt aus dem Fenster. Sie beobachtet gern, was die Nachbarn so machen. Jede Wohnung verberge eine Geschichte, sagt sie, und würde man alle zusammenbringen, käme so etwas wie eine bunte Fernseh-Soap zustande. So eine, wie sie selbst einmal drehen möchte. Dazu sage ich nichts, weil ich befürchte, sie wird nie einen Film machen, wenn sie so viel darüber redet.

Doch so fiel Katrin auf, dass Frau Miu im zweiten Stock des gegenüberliegenden Hauses plötzlich allein war. Vor zehn Jahren wurde sie von ihrem Mann aus Thailand geholt, wo er die Strände und die Massagesalons genossen hatte. Sie heirateten. Vor zwei Jahren aber drückte er zu sehr aufs Gaspedal, und seitdem lebt Frau Miu allein. Sie kuckt aus dem Fenster oder kauft ein. Wenn sie kocht, dringen aus ihrem Fenster herrlich undeutsche Düfte, und wenn sie nicht kocht, dringen leise Radiotöne nach außen. Frau Miu spricht kein Deutsch und harrt stumm der Dinge, die da kommen mögen.

Unter ihr wohnen zwei alte Zigeunerlesben. Die eine führt den Haushalt, putzt die Wohnung, kocht das Essen, und dann putzt sie wieder, die andere arbeitet als Klofrau am

Ostbahnhof. Müde wie ein Hund kommt sie immer nach Hause.
Ihr Küchenfenster geht direkt in den Innenhof, es steht immer offen und hat keine Gardinen, sodass der ganze Hof hineinschauen kann. Drinnen blitzt alles vor Sauberkeit wie im OP-Saal, alles glänzt, man würde sich kaum trauen, etwas anzufassen, um es nicht dreckig zu machen. Wie Kugeln aus einem Maschinengewehr fliegen Schimpfworte durch das offene Fenster in den Hof.
Die Bahnhofsfrau brüllt Verdammt!, wenn ihr der Tag nicht passt, Scheiße!, wenn sie keinen Kaffee und Kuchen auf dem Tisch vorfindet, sie grölt Verfickt!, und der ganze Innenhof hört es. Manchmal pfeffert sie Porzellan auf den Boden. Manchmal ist sie so wütend, dass sie zwei Tage lang wegbleibt.
Katrin steht am Fenster, die Arme in die Hüften gestemmt, die Fäuste geballt, wie immer, wenn sie aus dem Fenster kuckt. Oder rennt. Oder Liebe macht.
Sie sagt, früher hätten die beiden als Kunstreiterinnen beim Zirkus gearbeitet, sie nannten sich Duo Usedom, und mit den bunten Wohnwagen seien sie durch den ganzen Ostblock kreuz und quer getingelt. Seit sie dem Wanderleben adieu gesagt haben, leben sie hier in der Wohnung mit dem Fenster in denselben Innenhof, in den auch Katrin schaut, seit sie selbst ihrem kleinen Zimmer mit Aussicht zum Friedhof adieu gesagt hat, dem Zimmer in der elterlichen Plattenbauwohnung, die zum U-Bahn-Museum mutiert ist.
Die Akrobatinnen hielten sich Katzen, noch vor wenigen Wochen hatten sie zwölf, die nach den zwölf Monaten benannt waren. Nächtelang schrien die Katzen im Hof und auf der Fensterbrüstung, sie waren wunderschön, gepflegt und gut genährt, es war die reine Freude, sie zu streicheln,

so glänzend war ihr Pelz. Von einem Tag auf den anderen aber hüllte sich das Zigeunerinnenpaar in Schwarz, im Ausschnitt leuchteten plötzlich goldene Kreuze.
Alle Katzen waren weg. Einfach so, über Nacht. Keiner wusste, wo sie hingeraten waren. Alle machten sich aus dem Staub, alle bis auf eine, die dickste und faulste, die Februar hieß, obwohl ihr Fell keinesfalls weiß wie frischer Schnee strahlte, sondern pechschwarz war, mit ein paar rostfarbenen Sprenkeln. Diese Katze sah aus wie der Nachthimmel, in den Funken einer Dampflok sprühen. Sie erinnerte mich an meine Kindheitsträume.
«Katrin, warum hat deine Großmutter Angst vor Gewitter?»
Katrin legt die Zeitung beiseite. Sagt, jeder müsse im Leben irgendwelche Ängste bewältigen. Auch sie habe Angst vor Gewitter. Ihre ganze Familie sei davon betroffen, ähnlich wie andere Familien von Gelbsucht oder vom Zwang, mit Staubsaugern zu hausieren.
«Omis Mutter hatte Angst vor Gewitter, weil sie als kleines Mädchen mitten auf einer Wiese davon überrascht wurde und die ganze Nacht in einem Heuschober verbringen musste. Sie hat ihr dann von klein auf eingeschärft, ein Gewitter sei etwas ganz Gefährliches.»
Katrin lutscht an ihrer Halskette und erzählt, dass ihre Großmutter früher jedes Mal, wenn dunkle Wolken aufzogen, die Kantine geschlossen habe und nach Hause gerannt sei, wo sie unter der Bettdecke wartete, bis das Gewitter vorbei war. Danach kehrte sie ganz normal an die Arbeit zurück.
«Papa sagt, im Betrieb hätte man dafür Verständnis gehabt, so was wäre heute unvorstellbar.»
Ihre Großmutter habe im Leben wenig Glück gehabt. Ihr

Mann, den sie in der Stadt der Eisenhütten kennen gelernt hatte, war unter äußerst merkwürdigen Umständen ums Leben gekommen.
Katrin setzt Wasser auf und erzählt, nicht nur fürchte sich ihre Großmutter vor Gewitter, sie habe auch Angst, aus dem Fenster zu kucken, das Wohnzimmerfenster sei ständig verdunkelt. Von diesem Fenster könne man einen Kiefernwald sehen und die Oder, die zwischen den Bäumen glitzere. Und genau vor dieser Aussicht fürchte sich die Großmutter. Sie habe schon oft umziehen wollen, aber früher sei es nicht möglich gewesen, und heute sei es zu teuer. Weder sie noch Papa wollten darüber sprechen.
«Omis Mann hieß Hans-Peter, sie waren kaum ein Jahr zusammen, Papa hat ihn gar nicht kennen gelernt.»
Er war Stahlarbeiter gewesen, was das Zusammenleben sicher nicht erleichtert hatte, denn Stahlarbeiter bringen nicht nur das Eisen zum Schmelzen, sondern müssen auch viel trinken.
«Damit sie selbst nicht zerschmelzen», erklärt Katrin, und ich weiß nicht, ob sie das ernst meint.
Die Oma sei eine tolle Frau gewesen, wiederholt Katrin ihren Satz von neulich, etwas nachdenklich schiebt sie ein, auch die Zigeunerinnen von gegenüber müssen mal tolle Frauen gewesen sein, das sei aber der Lauf der Dinge, dass aus Frauen alte Weiber werden. Dann erzählt sie weiter, der Großvater habe viel getrunken, nach Hause sei er nur zum Schlafen und Essen gekommen, häufig auch nur jeden zweiten oder dritten Tag. Einmal sei er aber über eine Woche lang weg gewesen. Man habe ihn schließlich unter der Brücke gefunden. Vom Oder-Wasser ganz aufgequollen lag sein Körper im Fluss, das Gesicht im Uferschlamm.
Keiner wusste, wie er von der Kneipe zum Fluss gekommen

war. Keiner wusste, was ihn dahin gezogen haben mochte, denn er wohnte in der entgegengesetzten Richtung. Bevor der Leichenwagen und die VoPo kamen, hatten Angler seine Taschen durchsucht, alles war durchnässt, bis auf die Essensmarken in seiner Brusttasche, Essensmarken aus der Kantine, in der Katrins Großmutter arbeitete.
«Verstehste? Die Marken waren ganz trocken», wiederholt Katrin und presst die Finger zusammen, als ob sie die Marken in der Hand halten würde, aber ihre Hände sind leer. Sie sieht gut aus in dem langen Herrenhemd, das von ihrem Ex zurückgeblieben ist – der die Welt genauso wie Katrin mit einer Filmkamera erkunden wollte, aber stattdessen zur Bundeswehr ging, um dort Karriere als Oberstleutnant zu machen. Unter dem Hemd zeichnen sich ihre Brustwarzen ab.
Der Wasserkessel pfeift und hüpft auf der heißen Herdplatte. Katrin brüht meinen Kaffee und ihren Kamillentee auf, der soll für die Verdauung gut sein. Sie zündet sich eine Zigarette an und setzt sich auf meinen Schoß.
«Halt mich fest», flüstert sie.
Auch ich habe meine Kindheitsängste.
Als kleiner Junge hatte ich Angst, nachts unters Bett zu kucken, denn dort vermehrten sich Meereskrokodile und hundertjährige Schildkröten. Ich schildere Katrin, wie ich ihnen zur Versöhnung Salamischeibchen auf eine Schüssel legte, genauso wie der heilige Wenzel den Deutschen Büffel und Silber vorlegte. Um die Schüssel baute ich kleine Indianerfiguren auf, die ich aus Stralsund mitgebracht hatte, damit sie die gefährlichen Tiere in Schach halten. Morgens war die Salami immer weg, und die Indianer lagen auf dem Boden verstreut. Unsere Katze Viktoria hatte sie umgeworfen, aber das sollte ich erst viel später herausfinden.

Katrin schlingt ihre Arme um mich, lacht und küsst mich. «Und wie steht es um die Ängste des Erwachsenen?»
Ich muss an Prag denken. Ja, manchmal überkommt mich Sehnsucht danach. Nach meiner Prager Wohnung mit dem Hochbett. Manchmal frage ich mich, was Žeňa wohl macht und der Sohn, den sie erwartete.
Den eigentlich wir beide erwarteten.
Ich ertappe mich sogar dabei, wie ich mich nach der Schule sehne, nach dem Gestank von Zierfischfutter im Lehrerzimmer, nach den Kunststofftabletts im Speisesaal, nach dem dumpfen Scheppern der Schulklingel.
Manchmal frage ich mich, warum ich überhaupt hier bin, wenn ich dort sein sollte. Aber ich weiß nicht, wo ich zu sein habe. Vielleicht sollte ich anderswo sein. Oder doch hier?
Zum Nachdenken habe ich Zeit genug. Seit ich hier bin, fließt die Zeit langsam, sie stockt und modert wie die Spree an der Museumsinsel. Die Tage werden nicht weniger, sie rasen nicht wie verrückt, sie verwischen nicht, sie existieren lediglich.
Vielleicht bin ich die Ruhe selbst, vielleicht ertrinkt diese ganze Stadt in Ruhe, diese Stadt, die ihre Glanzzeit bereits hinter sich hat und die jetzt nur noch der Dinge harrt, die da kommen sollen, ähnlich wie Frau Miu, die ihren rasenden Mann verloren hat. Es sieht so aus, als würde gar nichts mehr passieren, als würden aus neuen Häusern und neuen Fassaden einfach nur alte Häuser und alte Fassaden werden.
Als mir das bewusst wird, wird mir zugleich klar, dass ich in erster Linie vor mir selbst Angst habe. Was ist ein schlechtes Gewissen anderes als eine Kampfansage an sich selbst? Und so renne ich weiter und immerzu fort.

Nur einmal habe ich versucht, zu Hause anzurufen. Als Žeňa sich meldete, legte ich auf.
Katrin scheint zu spüren, in welchem Teil der Erdkugel ich mich gerade befinde – warum ich nie etwas über mich erzähle, warum ich ihr nie von den Frauen erzähle, mit denen ich zusammen war.
Bis jetzt habe ich kein interessantes Leben geführt, behaupte ich, weder was Beziehungen angeht noch Sex.
Und langsam glaube ich es wirklich.
Wieder pfeift der Wasserkessel. Katrin brüht einen neuen Tee auf, diesmal einen für die Harmonie von Bauch und Seele. Es sind Geräusche, die einem in Erinnerung bleiben. Die Wasserkessel in ganz Mittel- und Osteuropa geben das gleiche Geräusch von sich. Vielleicht tun sie das überall, nur bin ich noch nicht überall gewesen.

Ich denke an den September 1989, auf unserem Herd in Prag pfiff der Wasserkessel genauso. Mutter gab Kaffeepulver in die grünen Gläser, unser Berliner Onkel Michael bat sie, ihm nicht so viel reinzutun, er vertrüge dieses türkische Gebräu einfach nicht, dann drehte er sich um und teilte meinem Vater mit, nachmittags würde er mit seiner ganzen Familie über die Mauer der westdeutschen Botschaft klettern.
Katrin schlürft ihren Matetee, und ich erzähle ihr, wie mein Vater Onkel Michael fragte, warum er denn abhauen wolle, und wie der seinen kleinen Löffel ableckte, ihn artig neben die Tasse legte, so wie er es immer tat, einen vorsichtigen Schluck nahm und verkündete, das sei die Chance, er habe die Schnauze voll von allem, an das Ganze hätte er ja sowieso nie richtig geglaubt, in die Partei sei er nur wegen Wohnung und Arbeit eingetreten, sie hätten lange über die

Sache nachgedacht und alles sorgfältig überlegt, zu Hause gebe es für sie keine Zukunft, und sie wollten ihren Kindern – meinen Cousins – eine Zukunft bieten und anständige Schulen.

Vater stellte die Abzugshaube an, damit die Nachbarin nicht lauschte, und fragte, ob er irgendwie behilflich sein könne. Mein Onkel hätte gerne genau gewusst, wie hoch die Mauer ist, ein Seil hatte er mitgebracht, außerdem einen Anker aus Draht, den er in seiner Werkstatt gebastelt hatte, es war ihnen gelungen, das alles über die Grenze zu schmuggeln. Aus einer großen Ledertasche, in der normalerweise Tennisspieler ihre Schläger transportieren, holte er das Seil heraus.

Vater war sich wegen der Höhe der Mauer nicht sicher, er wisse das nur ungefähr, erklärte er, bei der Botschaft sei er nur ein einziges Mal gewesen, auf die Kleinseite ziehe es ihn nicht, zu weit weg, mit der Metro sei man eine Ewigkeit unterwegs, aber die Mauer könne ja nicht höher sein als andere Mauern.

Mein Onkel bohrte weiter, für ihn sei es lebenswichtig zu wissen, wie hoch die Mauer sei, Vater sagte, ungefähr so hoch wie die Mauer, die er ihm damals in Berlin-Friedrichshain gezeigt habe, bloß dass man an der unsrigen nicht schieße, auch wenn jetzt dort das pure Chaos herrsche, lauter Zirkler und Bullen, die einfach nicht wussten, wie sie vorzugehen haben.

Mutter schnappte auf, dass vom Schießen die Rede war, und wollte wissen, warum bei der Botschaft geschossen wird, sie legte klein geschnittene slowakische Schokowaffeln und ein paar Brote mit Touristik-Salami und Sardellenpaste auf den Tisch, dann sagte sie zu mir und meinem Bruder, die Schnittchen seien für die Gäste, und überhaupt

verschwinden wir am besten mit unseren Cousins ins Kinderzimmer, dort können wir in Ruhe glotzen, sie, die Erwachsenen, wollten wichtige Sachen besprechen.
Meine Cousins sind Zwillinge, sie sprechen nicht, trinken nicht, ihr helles Haar tragen sie wie jeder ordentliche DDR-Junge zur Seite gescheitelt, in ihren Ohren stecken goldene Ohrringe. Damals waren sie fünfzehn, hörten Depeche Mode und trugen nur Schwarz, während mein Bruder und ich auf die Sex Pistols abfuhren und auf Geroi Novogo Fronta. Von Depeche Mode wurde uns übel, in unseren Augen waren das Schwuchteln, deren Platten höchstens als Zielscheiben für eine Kirmesschießbude taugten.
Wir machten die Glotze an. Pan Tau spazierte auf einem Flugzeugflügel, die Cousins sprachen kein Wort Tschechisch, also redeten wir Deutsch, aber Pan Tau versteht jeder, auch diese schwarzen Rollmöpse. Und mir wurde ganz anders bei der Vorstellung, sie würden es doch schaffen, würden über die Mauer gelangen und in dem Garten landen, wo Coca-Cola, Levis-Jeans und Dead-Kennedys-T-Shirts verteilt wurden, auch so eine großartige Band.
Gut möglich, dass die gesamte Botschaft in Dead-Kennedys-T-Shirts herumläuft, dachte ich, im Westen kosten solche T-Shirts ja gar nichts.
Langsam begann ich meine fetten Cousins, die sich über jeden Schwachsinn in der Glotze ausschütteten, um ihre rosige Zukunft zu beneiden, und ging lieber in die Küche, um Limo zu holen.
Die Abzugshaube dröhnte immer noch, und ich sah meinen Onkel, der kein echter Onkel war, sondern lediglich um sieben Ecken und drei sudetendeutsche Dörfer bei Krnov, das heißt Jägerndorf, mit Vaters Mutter verwandt, diesen großen und muskulösen Onkel mit Schnauzer und Goldkett-

chen um den Hals, die Schlüssel seines weißen Trabis auf den Tisch legen.
Obwohl ein Trabi an sich gar kein Auto ist, prangten an seinem bereits Tourenzähler, Nebelscheinwerfer und Autoradio. Neben diesem aufgewienerten kleinen Trabi kam mir unser Škoda 100 wie ein minderwertiger Verwandter vor, obwohl der immerhin aus Stahl und nicht aus Plastik fabriziert worden war – Plastik, das bei der Herstellung von Mülleimern als Abfallprodukt überblieb.
Die Herkunft beider Autos war allerdings ähnlich. Beide kamen aus der gleichen und – wie unser Geographielehrer nie müde wurde zu wiederholen – besseren Hälfte der Welt. Der Geographielehrer schien irgendwie nicht zu merken, dass diese bessere Hälfte gerade am Vergammeln war, dass sich ihre Arschbacken öffneten und über die aufgerissene ungarische Grenze menschlichen Dünnschiss nach Österreich vergossen. Das wurde selbst in unserem Rundfunk erwähnt. Vater sagte vor der Abzugshaube, das hier würde keiner mehr stoppen können, aber das sollten wir für uns behalten. Das sagte er immer, wenn er uns etwas Wichtiges zu sagen hatte: «Diesen Dünnschiss wird keiner mehr aufhalten können. Jetzt klettern die Deutschen sogar über unsere Kleinseitner Mauern. Auch Deutsche, die mit uns verwandt sind.»
Als Onkel Michaels Schlüssel den Tisch berührten, klirrte es, und mir lief eine Gänsehaut über den Arm, wie immer, wenn Metall Glas berührt. Es klirrte, Mutter drehte sich kurz um. Dann tauchte sie die Hände wieder ins Spülbecken und sagte, ich solle auch für die Cousins eine Limo mitnehmen.
Katrin seufzt. «Wir hatten auch 'nen Trabi. Und als ich fünf wurde, hat mich Papa auf so 'ne Liste gesetzt, damit ich mit

fünfundzwanzig auch einen bekomme. Siehste, den hätte ich jetzt eigentlich schon haben müssen. Was wohl mit meinem Trabi passiert ist? Und was hatte dein Onkel mit seinem Monstertrabi eigentlich vor?»

Ihm sei klar gewesen, sage ich, dass man das Ding keinesfalls über die Botschaftsmauer hieven könne. Darum bat er meinen Vater, auf das Auto aufzupassen. Er würde es vor unserem Plattenbau stehen lassen, und wenn sich die Situation beruhigt habe, den Trabi abholen. Dagegen hatte Vater nichts einzuwenden.

Ich schnappte mir die Limoflasche und die Gläser und ging ins Zimmer zurück. Pan Tau turnte nicht mehr auf dem Flugzeugflügel, sondern führte seinen Zauber in der Abflughalle aus. Mein Bruder sagte auf Tschechisch, er hoffe, unsere Cousins würden sich beim Zaunklettern so richtig den Arsch aufreißen. Er lachte, auch die Cousins fingen an zu lachen, weil Pan Tau sich gerade hinter einem Riesenkaktus versteckte und keiner ihn finden konnte. Wie die Deppen.

Mutter machte die Tür auf und sagte, sie sei so froh, dass wir gemeinsam was zu lachen hätten, Verwandte müssten ja zusammenhalten, und sie schickte meinen Bruder in den Keller nach einer Dose Lunchmeat und einem Glas saure Gurken, damit sie den Cousins ein paar Brote für unterwegs schmieren konnte, ein Ausflug ohne Jause sei kein richtiger Ausflug. Als glaubte sie, mein Onkel plane eine Burgbesichtigung und nicht etwa einen Ausflug in die verbotene Zone.

Pan Tau rannte über das Startfeld. Ein Ende war nicht abzusehen.

Vater versprach zwar, auf den Trabi aufzupassen, aber er behielt ihn nicht richtig im Auge.
Schon nach zwei Tagen waren die Seitenspiegel verschwunden, am dritten Tag die Vordertür, am fünften die Sitze, und nach vierzehn Tagen stand auf Baumstümpfen der ausgeweidete Trabitorso ohne Reifen. Auf unserem Kühlschrank lagen zwei Schlüssel im Kunstlederetui. Vater und Mutter wussten nicht, was sie sagen sollten, wenn Onkel Michael anrufen würde, und so wünschten sie sich vielleicht, er möge nie wieder anrufen, vielleicht hofften sie sogar, man habe ihn eingelocht, dann wäre das Auto noch seine geringste Sorge.
Keine Woche später rief er an. Sie waren gut über die Mauer gekommen und hatten Prag mit der Bahn verlassen. Die Reise war ganz angenehm, von der kaputten Heizung in ihrem Abteil abgesehen, auf Hochtouren lief die und ließ sich nicht abstellen, und so waren sie in Hof wie nasse Säcke aus dem Zug gefallen. Mutter rief: Ihr Ärmsten!, aber mein Onkel meinte, im Gegenteil, ihnen ginge es prächtig, er würde bald einen Brief schreiben.
«Ach ja. Und den Brief hat es nie gegeben, weil der Westen den Onkel total aus den Latschen gekippt hat, oder?» Katrin lachte.
Er sei schon aus den Latschen gekippt, da gab ich Katrin Recht, das aber erst später. In seinem Brief stand, den Trabi dürften wir als Dankeschön für unsere Hilfe behalten, ein zweites Auto könnten wir sicher gut gebrauchen, Vater solle aber auf den Spritverbrauch achten und bald die Bremsplättchen auswechseln.
Seither hat uns Onkel Michael nie wieder besucht, wir ihn in seiner zweiten Heimat Bayern auch nur einmal, gleich nach der Wende. Zum Mittagessen hatte er uns ins McDo-

nald's ausgeführt und sah sehr glücklich aus, er war der katholischen Kirche beigetreten, hatte sich einen roten Volkswagen gekauft und plante einen Italien-Urlaub.

Katrin zuckt mit den Mundwinkeln, wie immer, wenn sie leise lachen will. Sie steht auf und stellt das Radio leiser. Dann baut sie sich wieder vor dem Fenster auf und schaut in den Hof. Ein Nachbar, der als Straßenbahnfahrer arbeitet, habe gestern den ganzen Vormittag im Fenster gesessen, eine schwarze Sonnenbrille auf der Nase, obwohl keine Sonne schien und der Tag überhaupt ziemlich kühl war. Er las im Telefonbuch, spielte mit Hanteln, trank Bier und knabberte Chips. Plötzlich war er verschwunden, und bei Katrin klingelte das Telefon. Er fragte sie, ob sie wisse, wer dran sei, und ob sie mit ihm eine Pizza essen gehen würde. Sie sagte, sie wisse Bescheid, würde aber nicht mitkommen. Das fand er schade, dennoch wünschte er ihr einen schönen Tag und wollte es ein anderes Mal probieren.
«Sag mal, haben wir denn keine Tomaten und keine Paprika? Warst du heut früh gar nicht beim Vietnamesen?» Katrin steckt den Kopf in den Kühlschrank.
Da war ich schon, nur eingekauft habe ich nicht. An der verschlossenen Tür hätte ich mir beinah den Schädel eingeschlagen. Der Laden hatte doch sonst jeden Tag von zehn bis zehn auf. Morgens holt man Gemüse, abends Bier. Samstags wie sonntags. Erneut rüttelte ich an der Klinke. Erst dann bemerkte ich den kleinen, krakelig beschriebenen Zettel:

Obst und Gemüse in Urlaub.

Katrin lacht, schon gut, um fünf läuft im Babylon *Cold Fever* von Fridriksson, diesem Isländer, der demnächst nach Berlin kommt. Seit Katrin einmal dorthin gereist ist,

fühlt sie sich von Island magisch angezogen. Am liebsten hätte sie ein Stipendium für Reykjavik und stellt einen Antrag nach dem anderen.
Wir verlassen das Haus, welches einst als zweites in der Reihe stand, heute aber den ersten Platz einnimmt. Katrin führt, ich folge.

DIE SÄCHSISCHE SCHWEIZ

Pancho Dirk stürmt die Imbissstube im Bahnhof Friedrichstraße. Er bringt mir das Geld für den letzten Umzug. Hinter ihm wankt ein Typ im langen schwarzen Ledermantel und mit verbeultem Hut herein. Bärtig, gebückt und ungewaschen, wie er ist, scheint er etwa fünfzig Jahre alt zu sein, vielleicht auch jünger oder älter, das ist schwer einzuschätzen. Er schaut sich um, vergewissert sich unserer Aufmerksamkeit, verneigt sich und legt los.
«Servus, meine Herren ... Ich war Hamlet. Ich stand an der Küste und redete mit der Brandung BLABLA, im Rücken die Ruinen von Europa. Und nun, junge Frau, bitte ein Bier, einen Korn und zwei Schrippen. Was meint ihr, hab ich da ordentlich Seele reingelegt?»
Die Bedienung sagt keinen Ton. Ein paar Männer, überwiegend U- und S-Bahn-Führer, nicken.
Der Typ lacht, stützt sich auf die Theke, zählt sein Kleingeld nach und legt langsam eine Münze nach der anderen aufs Tablett. Klack, klack, klack, klack, klack. Er bückt

sich nach vorne, drückt sein Gesicht an die Glasscheibe der beleuchteten Kühlvitrine und sucht sich ein belegtes Brötchen aus.
«Auf keinen Fall eins mit Salami, das mit dem Käse da, ja, die Salami wird bestimmt aus Schweinsleder gemacht. Wer weiß, junge Frau, was Sie mir da durch den Fleischwolf gedreht haben. Hackfleisch an sich ist schon eklig genug.»
«Mein lieber Schwan! Steht hier irgendwo 'n Fleischwolf?»
«Nee.»
«Na siehste! Wir machen kein Hackfleisch hier. Wie's geliefert wird, so wird's auch verkauft», gibt die Frau barsch zurück.
Günter grüßt und prostet ihm von weitem mit seinem Bier zu. Der Typ geht hinaus, stellt sich etwa einen Meter von uns entfernt auf den Bahnsteig, nur die Glaswand trennt uns. Er starrt die Züge an und die orangegelbe Fliesenverkleidung vom Imbiss und die grauen Kacheln, die in jede Himmelsrichtung die Wände längs laufen. Am Ende des Bahnsteigs verschwimmen die Kacheln mit der Dunkelheit.
Günter fragt, ob wir den Mann erkannt hätten.
Das sei Felix Reiner gewesen.
«Moment mal, der, der mit Dean Reed immer in den DEFA-Indianerfilmen Cowboy gespielt hat? Die man damals in Jugoslawien gedreht hat? Dean spielte doch immer so 'ne harte Type mit dem Herzen am rechten Fleck, und der da war immer der mit der rauen Schale und dem harten Kern, ein richtiges Arschloch. Na, den hätt ich gar nicht wieder erkannt, der ist ja ganz aufgequollen», sagt Pancho Dirk.
«Trotzdem ein phantastischer Schauspieler. Bloß hat der 'nen leichten Dachschaden. Auf der Bühne, da feierte er

große Erfolge … aber dann kam die Sache mit dem Mädchen aufm Fahrrad, als er nach 'ner Vorstellung auf dem Heimweg so 'n kleines Mädel über den Haufen fuhr, total betrunken war der, kriegte Panik und ist abgehauen … jemand hatte sich sein Kennzeichen notiert, und so kam's vor Gericht … anderthalb Jahre hat er bekommen, von wegen Bewährung, nix da, berühmt hin oder her, und davon hat der 'n Pup im Hirn. Seit man ihn aus dem Knast entlassen hat, klappert er alle Bahnhöfe und Kneipen ab und feilt an dem letzten Stück, das er hat spielen sollen, es hieß irgendwas mit Hamlet …»

«Ach, Heiner Müller, was? Das steht heutzutage auf jedem Lehrplan, ja, auch in der Schule. Voll schizophren, das Werk. Und wen hat er da spielen sollen?», fragt Pancho Dirk.

«So häufig geh ich auch nicht ins Theater, ich weiß nicht, ob das 'n gutes Stück ist, aber er hätte wohl schon die Hauptrolle spielen sollen, den Hamlet, der zur Maschine werden will. In Friedrichshain, *Zum Igel*, das ist Reiners Stammlokal, da geht er immer aufs Klo, versteckt sich, dann ruft jemand Jetzt!, und er rennt rein, schmeißt den Hut und den Ledermantel auf den Boden, zieht sein T-Shirt aus, und so, halb nackt, brüllt er den Laden zusammen: Der Mutterschoß ist keine Einbahnstraße … Heil COCA-COLA! Ein Königreich für einen Mörder … und alle Leute im Saal klatschen, so überzeugend und menschlich spielt er … Er verneigt sich und stimmt seine Paradenummer an: Meine Gedanken sind Wunden in meinem Gehirn. Mein Gehirn ist eine Narbe. Ich will eine Maschine sein. Arme zu greifen Beine zu gehen kein Schmerz kein Gedanke … Und da wischen sich schon Frauen die ersten Tränen ab, und Männer bestellen Schnaps, um zusam-

men mit dem Maestro den Schauspielerspleen herunterzuspülen.»
«Warum will der nicht zurück ans Theater?», frage ich.
«Er will einfach nicht, er sagt, zuerst müsse er eine seelische Reinigung absolvieren, das Theater hat er zum Teufel geschickt, die Familie auch. Seine Frau kommt manchmal in die Kneipe, bringt ihm frische Wäsche und Obst, bittet ihn, nach Hause zu kommen, die Tochter mache gerade ihr Abi, dann sagt er, die Zeit sei noch nicht reif, die Reinigung sei noch nicht vollzogen ... so bittet sie beim nächsten Mal, er solle doch zu Hause vorbeischauen, die Tochter suche sich gerade eine Hochschule aus ... und er sagt, die wichtigste Schule sei das Leben selbst und über so 'nen Schmarrn wolle er nicht nachdenken, dazu fehle ihm die Zeit und die Lust, das müsse sie schon alleine entscheiden, und so kommt sie das dritte Mal und sagt, die Tochter wolle heiraten, der Bräutigam wird mit seinen Eltern zum Mittagessen erwartet ... und er sagt, wenn Gott sie segne, brauche er, Felix Reiner, nicht dabei zu sein, und er feilt weiter an seinem Hamlet, der eine Maschine sein will. Er lebt auch voll vegetarisch, das Fleisch verdrecke die Leber, sagt er, und die sei ja der Spiegel der Seele, die Leber. Und so geht das schon das vierte Jahr.»
Felix Reiner steht vor der Fensterscheibe, den Kopf leicht nach hinten geneigt, als ob er gleich umkippen würde, in einer Hand drückt er die Bierdose, in der anderen hält er die zweite Schrippe, beißt hinein, Krümel purzeln sanft wie Schneeflocken auf den Boden. Es dauert höchstens eine Sekunde, und die Schrippe ist weg.
Günter macht das nächste Bier auf: «Ach, die U-Bahn zieht schon große Künstler an. Kommt wohl von diesen energetischen Strömungen, die oben kaum zu spüren sind, aber

hier unten dafür umso intensiver. Hab was drüber gelesen, wie stark sie das menschliche Denken beeinflussen können.»

Das mit den Strömungen kommt mir etwas an den Haaren herbeigezogen vor. Modischer Psychokram, sage ich, und Pancho Dirk klappt den Mund auf und zu, wie immer, wenn er Zustimmung äußern will, doch Günter schüttelt nur den Kopf.

«Hab mal so 'ne Theorie gehört, dass der Führer, nachdem er in seinen Bunker gezogen war, psychisch abzubauen begann, obwohl er bis zuletzt seiner Sekretärin erzählte, er habe alles fest in der Hand, das Volk müsse bloß an ihn glauben. So 'n Naturheilkundler behauptet, Hitler hätte gar keinen Selbstmord verübt, sondern sei letzten Endes von einer unterirdischen energetischen Strömung umgebracht worden. So 'ner Strömung kannste genauso wenig entkommen wie Eichmann dem Mossad.»

Günter wischt sich den Schaum vom Mund und fährt fort: «Diese Spannungen können Leute auch problemlos mit Ideen versorgen. Im U-Bahnhof Stadtmitte sieht man ab und zu 'nen Amerikaner, Adam Schmidt heißt der. Er selbst bezeichnet sich als Aktionskünstler beziehungsweise Künstler des Augenblicks. Und von diesen Augenblicken kann er schon ganz gut leben.»

Ich frage, in welche Richtung sich bei ihm das Schöpferische entwickle, und es klingt wie der letzte Stuss: «Dieser Schmidt holt immer alte Zeitungen aus dem Müll, reißt die Seiten mit der Werbung heraus und faltet aus ihnen zehn, manchmal zwanzig bunte Papierschiffchen, gruppiert sie um sich herum, als ob er mit ihnen nach Hause segeln möchte, betrachtet das Ganze 'ne Weile, und wenn die gesamte Flottille steht, fotografiert er sie von allen Seiten mit

so ’ner Mini-Automatik-Kamera. Und plötzlich kriegt er ’nen Rappel, reißt alles in Stücke, stopft das Papier wieder in den Mülleimer zurück und zündet ihn an. Dann wartet er nur noch, bis die Feuerwehr kommt und er von den Bullen mitgenommen wird, zum Schluss heult er Rotz wie ’n kleiner Bub, der sich in der U-Bahn verlaufen hat. Die Fotos verkauft er später für gutes Geld, lauter berühmte Galerien reißen sich um sie. Man munkelt, der Schmidt habe das Geschäftemachen im Blut, sein Papa ist ’n großer amerikanischer Reeder, der in Bremen jeden Tag fünf große Schiffe vor Anker stehen hat, voll gestopft mit Bananen. Mit ihnen beliefert er die deutschen Haushalte von Bremen bis nach Zittau.»
Pancho Dirk will sich auf die Socken machen. Er ist in einem Ku’damm-Café mit einer jungen Frau verabredet, die im KDW teure Dessous verkauft. Geködert hat er sie mit dieser *Zitty*-Anzeige:

Ostberliner sucht Westberlinerin zwecks Überwindung von Vorurteilen und gemeinsamem Frühlingserwachen. Ich suche eine offene Frau.

«Meine Herren, da ist eine prickelnde Sensation im Anmarsch. Sie hat ’nen Riesenarsch und trägt Strapse. Das wird ’ne Montierung», prahlt Pancho Dirk und verabschiedet sich.
Günter lacht, einen Schwätzer wie den hat er lange nicht erlebt, dann geht er auf den Bahnsteig und spuckt zwischen die Gleise.
«Wir haben auch noch ’nen Maler hier, Rudi Drescher heißt der.»
«Wo? In der U-Bahn?»

«Ja. Der stellt seine Staffelei immer auf dem Bahnsteig auf, mischt die Farben, bückt sich und malt dann die Sächsische Schweiz. Die Leute bleiben immer wieder stehen und wollen wissen, wo er die wunderschönen Naturmotive hernimmt. Und er sagt, bei seiner letzten Reise nach Sachsen habe er alles mit dem Kopf abfotografiert, zehn Jahre ist das schon her, nun malt er alles aus dem Gedächtnis. Er trage die Bilder die ganze Zeit im Kopf mit sich, da seien sie sicher wie im Safe. Bloß die Farben, die müsse er sich immer wieder vergegenwärtigen, die entweichen seinem Kopf wie Luftblasen dem Mineralwasser. Wenn man ihn auf die phantastischen, leuchtenden Farben anspricht, schaut er sich auf dem Bahnsteig um und sagt: Na wo denn? Was meinen Sie! Hier doch! Und mit seinem Pinsel deutet er auf die Bahnhofswände: Herrlich, wie hier alles in Blüte steht, nicht?»
Günter zieht ein blaues Taschentuch aus der Tasche, putzt sich die Nase, faltet das Taschentuch sorgfältig wieder zusammen und steckt es zurück.
«Das Grün hat er zum Beispiel von Unter den Linden, dieser Bahnhof sieht aus wie ein Aquarium voller Seetang, für das Hellblau fährt er zum Senefelder Platz, das macht er immer, wenn er sich nicht mehr hundertprozentig erinnern kann, welche Farbe die Elbe bei Dresden unter dem Loschwitzer Berg hat, da, wo die älteste Personenseilbahn der Welt in Betrieb ist. Solange die Chemieindustrie in Böhmen noch in vollem Gang war, sagt er, habe die Elbe ein natürliches, herrlich klares Blau gehabt, aber seit die Fabriken stillgelegt wurden, sei sie voller Schlamm und altem Laub … Das leuchtende Gelb holt er sich vom Rosa-Luxemburg-Platz, da, wo ständig diskutiert wird, ob man ihre Statue wieder aufstellen soll oder nicht. Er aber fährt hin,

wenn er nicht weiß, mit welcher Gelbschattierung er am besten die Sonne einfangen kann, wenn sie in voller Pracht über den Kiefern und Sandsteinformationen hinter Bad Schandau steht. Von diesem Bild war schon Goethe sehr angetan, damals, als er auf seinem Fußmarsch nach Teplice vorbeikam …»

Fühlt sich der Maler denn nicht durch die Menschenmassen und die vorbeifahrenden Züge gestört, frage ich, sie erzeugen doch Lärm und Gedröhn, wie soll sich jemand bei diesem Geräuschpegel überhaupt konzentrieren können? Ach, Günter winkt nur ab, der Drescher, der behauptet, die Natur sei ja in einem Riesengetöse entstanden, ihn persönlich würden das Gedröhn und die Geschwindigkeit inspirieren. Zunächst stehe er einen halben Tag lang tatenlos vor der Leinwand, in Gedanken versunken, dann starre er die dreckige Wand gegenüber an, und abends könne er sich am Elbtalblick von der Burg Königstein erfreuen. Im Vorfrühling!

Günter rülpst sanft hinter vorgehaltener Hand: «Ich hab bloß Angst, dass seine glücklichen Tage hier unten gezählt sind, wie man hört, sollen alle Bahnhöfe farblich einheitlich gestaltet werden, vermutlich in Gelb, das sei ja eine positive Farbe, sie soll die Menschen von negativen Gedanken befreien. Aber da würde Rudi nur noch die Sonne malen können, Sonnenblumen oder die heißen Wanderdünen in Ägypten …»

Günter wirft einen Blick auf seine Armbanduhr und sagt, er müsse jetzt los, abends wollen sie die Schwiegermutter besuchen, sie wird achtzig. Sie wohnt weit draußen in Charlottenburg, dort zögen auf ihre alten Tage alle Berliner Witwen hin, denn dort haben sie's ruhig und nicht weit zum Ku'damm mit all seinen noblen Kaffeehäusern mit katzbuckelnder Bedienung und Sachertorte, wo nur Witwen, japanische Touristen und verschrumpelte Filmstars verkehren. Und Pancho Dirk, wenn er mal wieder eine flachlegen will.

«Die Alte ist wahnsinnig akkurat. Einmal sind wir fünf Minuten zu spät gekommen, und sie hat uns nicht mehr reingelassen. Wir stehen vor der Tür, Blumenstrauß und 'ne Pulle Wein in der Hand, wir klingeln – nichts, wir klopfen an die Tür – nichts, den ganzen Tag haben wir nichts gegessen, haben uns auf dieses Abendessen gefreut, Rehmedaillons in Weinsauce hatte sie angekündigt, was Wild betrifft, ist die Maman schon 'ne große Meisterin, also den ganzen Tag nichts gegessen, ich fühlte mich schon ganz schlapp», Günter drückt seine Zigarette am Aschenbecherrand aus, «so langsam wurde uns mulmig, ob sie nicht doch vielleicht das Zeitliche gesegnet hat, sie war ja schon in dem Alter. Wir klopfen, trommeln und klingeln, bis die Nachbarin von gegenüber herauskommt, die Schwiegermama müsse ja zu Hause sein, sie hätte sie heut gesehen, zum Schluss haben wir die Bullen gerufen, aber auch da machte die Alte nicht auf, also musste man die Tür aufbrechen.»

«Und, war alles in Ordnung?»

«Aber ja! Sie saß im Wohnzimmer am festlich gedeckten Tisch, qualmte eine nach der anderen, trank Kaffee mit Schlagobers und tat, als ob sie die ganze Zeit über nichts gehört hätte, aber ich sah es genau, sie war ganz trotzig, sie ist ja so akkurat, dass sie unsere Unpünktlichkeit als Beleidigung auffasste. Einmal hat sie zu meiner Frau gesagt, die Ungenauigkeit und den Schlendrian hätten uns erst der Ulbricht und der Honecker beigebracht, vorher hätte es so was nicht gegeben. Sie kommt von einem Bauernhof in Südbayern, ihr Mann war Eisenbahner und hat sie gegen ihren Willen nach Berlin geholt. Sie hat sich aber schon eingelebt, nun freut sie sich, dass die Deutschen bald wieder genauso pünktlich sein werden wie früher. Pünktlich, ordentlich und sauber! Muss mich sputen, sonst landen die Medaillons wieder in der Kloschüssel, und das wäre schade, sie ist wirklich 'ne eins a Köchin. Schöne Grüße an Katrin!»

Am Bahnsteig hält ein Zug, er sieht genauso aus wie alle Züge, die hier vor zwanzig Minuten, einer Stunde, einer Woche, einem Monat gehalten haben. Es ist die S1. Sie fährt nach Wannsee. Über Potsdamer Platz, Anhalter Bahnhof, Schöneberg und Zehlendorf. In Wannsee kann man in die S7 nach Potsdam umsteigen. Oder den nächsten Zug zurück in die Stadt nehmen.

DIE GESCHICHTE VON BERTRAM

Ich heiße Bertram.

Auch vorher schon. Einiges ändert sich, aber nicht alles. Vielleicht ändert sich auch gar nichts.
Es mag den Bruchteil einer Sekunde gedauert haben, es hätte aber auch eine Stunde oder zwei dauern können. Oder einen ganzen Tag. Ich weiß nicht, wie lange ich dort auf der Bank gesessen habe. Ich weiß, dass ich mir die Züge ankuckte, Bier trank, manchmal Zeitungen aus dem Müllbehälter fischte, vor allem aber wartete ich. Die Züge dröhnten, und mir dröhnte der Kopf.
Nicht jetzt.
Es ist schon einige Zeit her.
Mein Kopf wurde zum Tunnel, ich wollte, dass ein Zug hindurchfährt.
Ich weiß nicht einmal, ob jemand aufgeschrien hat, als ich aufstand, mich kurz dehnte und streckte, die Bierdose wegwarf, drei Schritte zur Seite machte und über die weiße Linie flog. Ich schloss die Augen, aber sie schlugen von alleine wieder auf und schauten unverwandt den Zug-

führer an, er stemmte sich gegen seinen Sitz und zog an der Bremse. Er hupte einmal lang und zweimal kurz, das kam mir bekannt vor, gar nicht so schwer zu knacken, dieses Rätsel, so klingen doch die Trompeten von *Sgt. Pepper*.

Merkwürdige Sache, auf den eigenen Körper hinunterzuschauen, entzweigeteilt, voller Blut, ohne Kopf und ohne Arm, leblos. Des Lebens los? Wer weiß, was es mit dem Leben auf sich hat. Den Körper gibt es nicht mehr. Doch ich bin weiterhin da.

«Den wird keiner wieder zusammenflicken», erklärte mein Zugführer.

Merkwürdig. Ich erhob mich und stellte mich an den Rand des Bahnsteigs, mein Mantel war bloß leicht schmuddelig, mit ein paar Ölflecken darauf. An meinem Ellenbogen klebte ein Kaugummi. Er schmeckte sogar noch süß.

Ich schaute zu, wie man den Zug auseinander nahm und die Waggons abkoppelte, damit der Arzt hinuntersteigen und dem Polizisten das bestätigen konnte, was der Zugführer soeben konstatiert hatte. Der Zugführer klappte zusammen, das war nicht meine Absicht, er tat mir Leid.

Der Arzt rammte ihm eine Spritze in den Oberarm und sagte, er solle die Uniform lockern und das Hemd aufknöpfen und tief Luft holen, aber der atmete sowieso schon tief genug, als ob er durch das Ein- und Ausatmen die Zeit zurückpumpen wollte. Er sagte zum Arzt, diesen Job mache er nun seit zehn Jahren, niemals hätte er gedacht, dass ihm das passieren könnte. Er hätte beim Bier sogar über einen Kollegen gewitzelt, dem bereits fünf Leute vor dem Zug gelandet waren, als würde der mit seiner hohen Trefferquote den anderen Zugführern die Selbstmörder abnehmen. Und nun so was.

Ob der Arzt zufällig Zigaretten dabeihätte, seine habe er im Führerstand liegen lassen.
Der Arzt antwortete, er rauche nicht, und reichte ihm ein Kaugummi.
Der Polizist zog eine Schachtel hervor und bot ihm eine an: «Mensch, so ein Pech aber auch. Das ist schon mein zweiter Springer in diesem Jahr.» Er schüttelte den Kopf. «Da bin ich echt gespannt, wie lange das heute dauern wird. Das letzte Mal hat sich das über 'ne Stunde gezogen ... Ein Kollege erzählte, dass er mal 'nen ganzen Nachmittag bei so 'ner Sache hängen geblieben ist, der Mensch, der da gesprungen war, schien irgendwie mit der Maschine verwachsen zu sein. Man hatte ihn bereits für tot erklärt, aber als man ihn endlich da rausgelöst hatte, da klappte er die Augen auf und wünschte allen 'nen guten Tag und wollte wissen, ob er nun schon oben sei, daraufhin kriegte der Arzt 'nen Anfall, so was darf es doch gar nicht geben, schrie er, vor einem Jahr hätte er diesen Menschen in letzter Sekunde in einem Park vom Ast geschnitten ... Na, diese Begegnung soll den Armen so richtig deprimiert haben ... Aber das hier, das sieht nach 'nem sauberen Schnitt aus. Verdammte Arbeit ...»
Der Zugführer sitzt auf der gleichen Bank, von der ich vorhin aufgestanden bin. Er raucht, den Kopf in den Händen vergraben.
Neben ihm sitze ich. Höre zu. Schaue.
Auf der anderen Seite setzt sich jemand zu ihm und stellt sich als Psychologe vor. Er fragt den Zugführer nach seinem Namen. Er sagt, alles sei jetzt vorbei und es sei nicht des Zugführers Fehler gewesen, für mich trage er keine Verantwortung, er solle ein paar Tage freinehmen und aufs Land oder ans Meer fahren, zum Beispiel nach Rügen.

Der Zugführer will zu Hause anrufen.
Die Menschen kreischen.
Einige eilen schweigend zum Ausgang.
Einer schreit: «Was für 'n Idiot. So was Blödes!»
Ein anderer schreit: «Vor zehn Minuten hätte ich bei meinem Anwalt sein sollen! Und jetzt das hier! Ist doch alles zum Kotzen.»
Einer beruhigt seine Ehefrau.
Ein anderer hält seinen Kindern die Augen zu. Sie wollen nachschauen, was da auf dem Schotter liegt. Sie fragen, ob der Fleck an der Wand Blut sei. Mein Blut.
Der Polizist hatte Recht. Es war eine saubere Arbeit.
Mein Körper liegt bereits im Sack, einem langen schwarzen Sack. Auf einer Bahre trägt man ihn zum Ausgang. Von irgendwoher spritzt Wasser. Der Bahnsteig, der Zug und die Wände werden abgespült. Das Wasser ist eisig kalt. Ich bekomme eine Gänsehaut.
Das Ganze dauerte etwas über eine Stunde.
Es ist ein Jahr her. Es hätte aber auch gut fünf Jahre her sein können.
Ich bin zufrieden, fühle mich wohl, ausgeglichen. Ich sage das, weil Sie das interessieren dürfte.

Jetzt ist es Nacht.
Der dünne Finger des Fernsehturms stützt den schweren Himmel, damit er die Stadt nicht unter sich begräbt. Aber er kann nicht verhindern, dass die Stadt mit Dunkelheit überschüttet wird. Sie hängt in jeder Straßenecke, nur für kurze Momente wird sie durch das Neonlicht einer Bar durchlöchert, durch den beleuchteten U-Bahn-Krater oder die scharfen Stachel der Autoscheinwerfer. Dann wird es wieder dunkel, und Dunkelheit ist gleich Nacht.

«Ich brauch 'ne Frau!», ruft ein Saufbruder aus dem halb offenen Autofenster einer Bordsteinschwalbe zu, die in der Oranienstraße den Boden stampft. Von weitem sieht die Frau aus wie die Werbung für diese Endlosbatterie, die mit dem trommelnden gelben Hasen, das Plakat hängt im Bahnhof Kochstraße über dem Bahnsteig, irgendjemand hat dem Hasen einen riesigen lila Penis aufgesprayt.
Die Frau tritt gleichmäßig von einem Fuß auf den anderen, ab und zu führt sie ihre Hand zum Mund und haucht einen kleinen Kuss hinein, den schickt sie den vorbeifahrenden Autos zu. Die Fahrer wissen nicht, wie man ihn fängt.
Ich wüsste das schon. Aber mir bringt das nichts.
Der Fahrer gibt plötzlich Gas. Im letzten Moment springe ich zur Seite. Ein alter Reflex. Hätte er mich überfahren, was wäre passiert? Einen Toten bringt nichts mehr um. Nägel und Haare wachsen nur drei Wochen nach dem Tod weiter, doch Reflexe wird man nie mehr los. Es gibt hier so einen Spruch: Was du im Leben gelernt hast, das hilft dir nach dem Tode.
Ein Wagen rast bei Rot über die Kreuzung, biegt scharf links ab, fährt um den Block und hält bei der Frau an. Ein schnauzbärtiger Typ im knisternden Trainingsanzug kurbelt das Fenster herunter und bellt:
«Na, wie viel?»
Der hochtoupierte blonde Kopf verschwindet in der Fensteröffnung. Ein riesiger glänzender Latexarsch ragt nach draußen, auf hohen Pfennigabsätzen wippt er hin und her. Ich beschnuppere ihn, kann aber nichts riechen. Wir hören alles, sehen fast alles, bloß mit dem Riechen tun wir uns schwer, alles stinkt nach Teer und Öl, wie die Schwellen und der Schotter bei uns da unten.

«Da hol ich mir den lieber selbst runter, du Tusse. Kauf dir 'n Kaugummi, stinkst aus dem Mund!»
Der Wagen schießt nach vorne, die Ampel springt auf Grün, das feixende Gefährt rast die Straße hoch. Erst bei der Tacheles-Ruine biegt es ab in die Straße, wo das Bertolt-Brecht-Haus steht. Einmal bin ich da gewesen. Direkt daneben schläft sein Theater und auch er seinen letzten Schlaf.
Die Bordsteinschwalbe wischt sich den Mund ab und steckt sich eine Zigarette an. Sie raucht, wartet, stampft ihren Rhythmus in den Boden.
Die *Meilenstein-Bar* gegenüber schläft nicht. Durch den kleinen Raum schweben Tabletts mit Bier, Wein und Kaffee.
Unten bei den Toiletten schmiegt sich ein aufgedunsener Typ an den blinkenden Zigarettenautomaten. Mit beiden Händen tastet er zärtlich seine Seitenwände ab, bettet seinen Kopf an die Wahltasten und flüstert: «Meine liebste, meine lütte dicke Sau. Erkennst du mich denn nicht wieder?» Als er das Klacken der Tür vernimmt, dreht er sich nach dem Geräusch um und fixiert mich mit dem Blick. Über seine Wangen laufen kreuz und quer frische Tränenspuren. Er kann kaum mehr stehen.
«Manno, du erkennst mich auch nicht wieder? Du weißt nicht mehr, wer ich bin?»
Nein.
«Du also auch nicht?»
Die Kabinentür fällt hinter mir zu, ich schließe ab, hebe den Klodeckel hoch, mache die Hose auf. Auch dort, wo ich heute bin, geht man auf die Toilette. Ganz normal. Wie ein Mensch. Bloß eins wundert mich: Wieso sieht manchmal ein Trunkenbold das, was die anderen nicht sehen können?

Wieso sieht er uns? Weil ein Nüchterner uns gar nicht sehen will? Oder nicht zu sehen braucht?
Einen Tag nach meinem Sprung spekulierten die Zeitungen über das Motiv. Weil ich nämlich keinen Brief hinterlassen hatte. Die Presse mutmaßte, ich sei unheilbar krank oder alkoholsüchtig gewesen, vielleicht war es auch eine unerwiderte Liebe oder schlicht ein dummer Unfall, ein Stolpern an der falschen Stelle, so was hätte es öfters gegeben. Sie haben sogar meinen Bruder interviewt. Er hat aber nichts gesagt.
Muss es für alles einen Grund geben? Der eine kauft sich ein neues Auto, der andere gabelt eine Superfrau auf, und ein Dritter springt halt vor den Zug. Jawohl. Es hatte mir einfach alles keinen Spaß mehr gemacht. Vielleicht hatte ich auch gesoffen. Vielleicht hatte ich auch einfach mein Leben verfehlt.
Hinter der Tür schnauft jemand, ich höre einen dumpfen Aufprall. Dann brüllt jemand, er würde mir die Fresse polieren. Schließlich hört sich das so an, als ob ein Sandsack zu Boden rutschen würde. Die Tür lässt sich nicht öffnen. Ich setze mich hin und denke an Fußball und daran, dass Harrison den Löffel abgegeben hat, da bleiben nur noch zwei, wo mag sich denn Harrison so herumtreiben, denke ich, vielleicht läuft man sich einmal über den Weg, so wie mir vor drei Monaten Haken über den Weg gelaufen war. Er erkannte mich sofort wieder, er war gerade dabei, eine Reise um die Welt zu machen, wir genehmigten uns ein paar Bierchen, ließen ein paar alte Hamburg-Erinnerungen vom Stapel, und plötzlich war alles wieder da: die Clubs, die aus allen Nähten platzten, die schönen, geilen Weiber und auch die Schlägerei, bei der wir uns kennen gelernt hatten.
An der Bar kriegte Lennon von einem sturzbesoffenen ka-

nadischen Marinetölpel eins in die Fresse, der konnte wohl nicht verkraften, dass ihn keine Frau haben wollte, ich briet ihm eins mit einem Stuhl über, und Lennon erwischte ihn mit dem rechten Haken direkt unterm Kinn. Von da an nannte man ihn in Hamburg nur noch Haken. Das ist in keiner Biographie nachzulesen, aber eine unumstößliche Tatsache. Wer das unterschlägt, betreibt Geschichtsverfälschung im großen Maßstab.

Damals hatte mir Haken vorgeschlagen, es bei ihnen zu versuchen, sie wollten die Band erweitern, aber ich fand mich nicht gut genug, und die Musik, die sie damals machten, die fand ich auch gar nicht so toll, sie kam mir etwas abgekocht vor, höchstens was für Teenies. Erst nach *Revolver* bin ich umgeschwenkt, das war schon eine tolle Platte, so eine gibt es einmal in hundert Jahren.

Wir saßen auf der Oberbaumbrücke, starrten ins Wasser, hinter uns ratterte eine U1 nach der anderen durch, und Haken fragte, ob ich es jemals bereut hätte, sein Angebot ausgeschlagen zu haben.

Bereut habe ich das schon, das ist aber auch alles. Darauf sagte er, er beschäftige sich jetzt die ganze Zeit mit der Frage nach dem Sinn. Die Friedensideale seien doch alle nur für die Katz. Und die Welt könne man nur durch eine Revolution verändern. Durch einen Krieg. Tja, dazu hatte ich überhaupt nichts zu sagen. Das muss jeder für sich selbst herausfinden. Gestern wie heute.

Die Tür gibt nach. Der aufgedunsene Typ drängelt sich hinein, seine Stirn blutet: «Freundchen, mach Platz, ich muss pissen. Alles wieder gut, o. k.? Haste Feuer? Die blöde Kuh hat mich sitzen lassen. Heute Nachmittag. Und weißte, von wem sie sich's besorgen lässt? Von meinem Bruder! Er hat's mir selber gesagt! Hat dich auch mal eine sitzen lassen?»

Ja.
«Was würdest du an meiner Stelle machen? Ihn müsste man doch umbringen, oder? Was glotzt du so dämlich?»
Wortlos gebe ich ihm Feuer und steige die runde Treppe nach oben. Man kann hören, wie er da unten mit dem Kopf gegen die Wand haut, als ob das eine Linderung bringen würde, wie er weint und immer wieder denselben Namen in die Kloschüssel hineinwürgt.
Die, die schon länger dabei sind, behaupten, dass wir vor allem von denen gesehen werden, die auf dem besten Weg zu uns sind, Menschen, die, wie man sagt, am Ende sind. Aber das ist falsch formuliert, wer einmal am Ende ist, der ist am Ende, aber ich weiß, dass dahinter noch mehr liegt, jene Welt nämlich, in der wir uns befinden. Und oben gibt es entsprechend auch noch eine Welt, und über ihr noch eine, aus der ab und zu jemand bei uns vorbeischaut. Wie neulich Haken.
Die Bar schwankt im Netz gelber Lichter, sie strahlen eine Hitze aus, gegen die der Nachthimmel machtlos ist.
Eine auffallend lange, dünne junge Frau winkt die Bardame heran. Ihr Kopf leuchtet im Dämmer, sie strahlt überhaupt sehr, und ich beneide den jungen Kerl, dem sie nun zuprostet. Aber den kenne ich doch, es ist dieser Musiker, der heute den ganzen Vormittag im Eingangsschacht vom Bahnhof Potsdamer Platz Musik gespielt hat. Der macht auch bei einer Band mit, die U-BAHN heißt. Er stand da, spielte Dylan, Reed, die Beatles und nochmals Dylan, ich hörte zu, irgendwie erinnerte er mich an mich selbst. Seine Band hat einen ziemlich guten Sound.
Ja, die Beatles mag ich gerne. Zum Sterben gerne – fällt mir ein, und ich muss grinsen.
Heute früh hat er mich gesehen, jetzt sieht er mich nicht.

Unser Pastor pflegte zu sagen, das Leben und der Tod seien zwei große Mysterien. Aber jetzt bin ich auch nicht viel gescheiter. Immer dasselbe: ein Geheimnis nach dem anderen, einmal sieht er mich, das andere Mal nicht. Eins ist aber mittlerweile klar: Von denjenigen, die mich brauchen, werde ich gesehen. Ob dadurch das Geheimnis verständlicher wird?

Am nächsten Tisch nimmt der kleinwüchsige Zuhälter Tony Platz. Mit seinem kahlen, fest mit dem Hals verwachsenen Kopf sieht er aus wie ein Rugbyball, so einen hab ich das letzte Mal in der Schule in der Hand gehabt. Es sieht aus, als könne Tony einfach nicht den Kopf verlieren.

Aber er wird seinen Kopf verlieren. Ziemlich bald. Das spüre ich.

An seinem Hals strahlt eine dicke Goldkette mit eingraviertem *Amore*, seine Schultern und die mächtigen Oberarme stecken in einer gelben Trainingsjacke mit der gestickten Aufschrift *General Motors*, vor ihm auf dem Tisch liegen sein Handy, Autoschlüssel und eine Baseballmütze mit dem Logo von SAT.1.

Tony fuchtelt mit einem Löffel voller Bohnensuppe herum und hält der Puppe, die ihm gegenübersitzt, eine Predigt:

«Noch einmal, und du bist raus. Um Gottes willen, Margret, mach mir das Leben doch nicht so schwer! Du weißt doch, was du für mich bist, oder? ’ne Cou-si-ne. Das ist fast so viel wie ’ne Schwester. Im Gegensatz zu dir weiß ich das. Und im Gegensatz zu dir weiß ich zu schätzen, wenn man mich gut behandelt. Und im Gegensatz zu dir weiß ich auch, dass es heutzutage kein Spaß ist, ’nen Job zu kriegen. Wenn du nicht mein Cou-sin-chen wärst, dann wärst du schon längst rausgeflogen, drauf kannst du deinen süßen Arsch verwetten.»

«Aber das weiß ich doch.» Margret wickelt sich eine Haarsträhne um den Finger. Ihre riesigen Brüste liegen auf dem Tisch, als wollten sie ein Nickerchen halten.
«Ich bin 'n netter Kerl und hab viel Geduld, neulich hat mir der Chef gesagt, ich bin zu euch viel zu nett. 'ne Frau muss man hart rannehmen, die braucht 'ne Leine, wie 'n Hund, man verpasst ihr eine, und sie läuft wie geschmiert, wenn eine nicht gehorcht, gehorchen bald alle nicht mehr, und dann kann man das ganze Geschäft einpacken. Bald pusten hier die Russen alles durcheinander, das wird das Ende, die sind zu allem fähig, auch ihre Schnepfen. Aber ich will dir nochmal 'ne Chance geben. Das Ganze ist 'n Kampf, und du musst dich da einfach mehr reinknien, verstanden? Wenn der Kunde sagt, du sollst ihm einen blasen, was sagst du dann?»
«Klar, aber nur mit Gummi.»
Zwei Typen vom Straßen- und Schienenbau stellen sich an den Tresen. Sie klopfen sich die Kälte von den Blaumännern ab. Es sind Familienväter, die keine Cafés frequentieren, weil sie weder gern Espresso trinken noch die Zeit totschlagen. Dieses Leben, in dem man nach vorne kriecht und trinkt, bis man jenes Ziel erreicht hat, das wir eines Tages alle zusammen erreicht haben werden, ist ihnen fremd. Hier sind sie bloß gestrandet, weil sie ein Stückchen weiter oben die Straße neu pflastern. Solche Geschichten finden grundsätzlich nachts statt. Kein Protest kommt auf – weder von der schlafenden Stadt noch von den Autofahrern, die durch die Bauarbeiten an freier Fahrt gehindert werden. Jetzt stehen sie da, kucken auf die Uhr, bis zum Ende der Nachtschicht fehlt noch eine ganze Nacht, einer von ihnen, der schlechter Gelaunte, pult Dreck unter seinen Fingernägeln hervor, der andere, besser Gelaunte, schiebt die Cock-

tailkarte zur Seite, neigt sich über den klobigen braunen Tresen und sagt: «Junge Frau, bitte seien Sie so nett: zweimal Kaffee!»
«Espresso?» Zwei schwarze Augen schauen hoch.
Beide nicken und schneiden Grimassen in den großen Spiegel über der Bar.
Gerade kuckt der Musiker in meine Ecke. Um mich herum drapiere ich Zigarettenrauch, verdecke mein Gesicht mit der Zeitung und spitze die Ohren.
«Ist was?», fragt die leuchtende junge Frau.
«Nichts. Ich muss geträumt haben.»
Sie reden über die Pläne seiner Band. Und über ihre eigenen Pläne. Da hat er weniger Lust zu. Kann ich gut verstehen. Sie streichelt seine Wange. Er streichelt ihr Knie.
Der zwergwüchsige Zuhälter rührt die Suppe um, beugt sich über den Tisch, zeigt mit dem vollen Löffel auf die Stelle zwischen seinen Augen und sagt: «Hier sollst du kucken.» Wie er mit dem Löffel herumfuchtelt, fliegen ein paar braune Tropfen über den Tisch, zwei oder drei landen auf meiner rechten Manteltasche. Ich stehe an seinem Tisch. Ganz nah dran.
Die Russen sind auch ganz nah dran.
Was er nur dunkel ahnt, das weiß ich ganz bestimmt.
Margrets blaue Augen heften sich an den schwebenden Löffel, rutschen zurück in den Teller, tauchen kurz in das Gebräu aus Bohnen, Wurstscheibchen, Salz, Pfeffer und Mehl ein, ihr stahlharter Blick bohrt sich durch die Tischplatte. Margret pustet die blonde Welle von ihrer Stirn, sie fällt ihr sofort wieder ins Gesicht.
Dem eigenen Schicksal entgeht man nicht.
Den Russen auch nicht.
«Verdammt, Margret. Du sagst: Klar, Chef, den kriegst du

geblasen wie von keiner anderen, mein Süßer. Ich besorg's dir so doll, dass dir die Augäpfel rausfallen. So geradeaus sagst du das. Und selbstverständlich stülpst du ihm dann 'nen Gummi über, als ob nichts wäre. Ich weiß, dass es alle ohne Gummi haben wollen, ist doch klar, Mann, du weißt doch selbst, dass alle Männer da unten superempfindlich sind, aber deine Aufgabe ist es, sie diese Angst vergessen zu machen. Das, was wir machen, ist die Arbeit von Ärzten. So 'ne Art Aufklärung machen wir. Wir kommen anstelle von Ärzten und Psychiatern, um die Gesellschaft von den ganzen schweinischen Perversen zu befreien, die sonst kleine Mädchen vergewaltigen. Dafür sollte man uns sogar noch Knete geben.»

«Und da soll ich dran denken, wenn ich's mache?», wundert sich Margret.

Vor der Tür hält ein eckiges Auto und kippt kübelweise blaues und oranges Licht ins Lokal. Zwei Männer in reflektierenden Overalls mit Ledertasche über der Schulter rennen schnell zur Treppe nach unten.

«Rettungswagen, verdammte Kacke. Hat sich wohl wieder jemand den goldenen Schuss gesetzt, da aufm Klo. Diese Junkies sollte man direkt mit dem Leichenwagen aufsammeln», sagt der schlecht gelaunte Straßenbaumensch und reißt sein Zuckertütchen auf.

Er trinkt einen Schluck, wischt sich mit dem Ärmel den Mund ab und sagt: «So 'n kleines Käffchen muss ich gar nicht haben. Bei dem schaffste dir nich mal was zu erzählen. Sagst hallo, und schon kannste wieder gehen. Das haben die sich gut ausgedacht, um einem das Geld aus der Tasche zu ziehen. Ich sag dir, trau keinem Italiener. Auch im Straßenverkehr nicht, da fahren die wie die besengten Säue.»

«Siehste, in Italien bin ich noch nie gewesen. Meine Alte steht auf Spanien», sagt der besser Gelaunte. «Da fahren die aber auch wie Sau.»
«Na eben. Da bringen mich keine zehn Pferde mehr hin, in diese Chaotenländer. Wir fahren jetzt immer nach Bulgarien, da kriegt man noch was geboten fürs Geld. Guten Wein, super Essen und so ...»
Margret zündet sich eine neue Zigarette an, klemmt sie fest zwischen ihre rosa Lippen, vom Nagel ihres kleinen Fingers kratzt sie ein Stückchen lila Lack ab. Sie zieht den Rauch ein und sagt: «Aber ich krieg danach immer Kopfschmerzen. Halswirbelsäule, verstehste? Weißte, wie das ist, wenn einem die Halswirbelsäule wehtut? Wer soll den Halsarzt bezahlen, hä? Mit den Typen pennen, das geht in Ordnung, genauso wie mit dir, aber einen blasen tu ich nicht mehr. Und küssen auch nicht. Such dir 'ne Jüngere für, Tony. Oder 'ne Blödere. Ich will das einfach nicht mehr. Da mach ich lieber Schluss.»
«Du machst also Schluss, ja? Dein letztes Wort? Soll ich das dem Chef ausrichten?»
«Bitte. Wenn du magst. Ich will endlich ein Kind und meine Ruhe haben», sagt Margret trotzig.
Die Russen sind ganz nah. Und Margret weiß vielleicht Bescheid.
Die Sanitäter tragen den aufgedunsenen Typen auf einer Liege die Treppe hoch, diesen Typen, der unten bei den Toiletten mit dem Zigarettenautomaten geschmust hat und der sich den Verrat von heute Nachmittag aus dem Kopf schlagen wollte. Das blaue und orange Licht des Rettungswagens hüpft von Wand zu Wand, wie ein Fußball fliegt es von einer Ecke in die andere, schlägt Haken zwischen den Bildern, ein Foul nach dem anderen, pausenlos. Kaum ist

der Rettungswagen weggefahren, ist auch dieses Spiel zu Ende.

Der schlecht gelaunte Straßenbaumensch zieht seine Geldbörse hervor: «Das kostet 'ne ganz schöne Stange Geld, der Rettungsdienst für diese Junkies. Das würd ich glatt den Eltern in Rechnung stellen. Schön schwarz auf weiß: Soll – Haben. Ach, Sie haben kein Geld? Ab zum Herrn Sohnemann in die Zelle. Und was meinst du, was unsere tollen neuen Maschinen gekostet haben? Frollein, die Rechnung!»

Sein besser gelaunter Kollege setzt die Mütze auf: «Na ja. Bestimmt 'ne Menge Holz … aber Franz, da können wir nichts machen …»

«Doch, doch, das können wir! Einmal werd ich richtig sauer und mir den ganzen Mist frei von der Leber weg sprechen, wir hätten's auch ohne diese Maschinen geschafft, da hätte man nicht so viele Männer entlassen müssen, so was hat's früher nicht gegeben.»

«Das sagst du und fliegst raus. Diese Welt ist nicht gerecht. Steckst du im Anzug, kannste meckern. Hast 'ne Schaufel, musste die Klappe halten und schaufeln. Mir macht das nix aus. Ich bin zufrieden. Kuck dir die anderen an, die auch gerne malochen würden, aber nix kriegen.»

«Hör mal, ich flieg nich raus, wozu ist die Gewerkschaft da. Das mit dem Kleingeld ist schon in Ordnung, Frollein. Schön haben Sie's hier, nur dem Käffchen fehlt irgendwie der Pep … Merk dir eins: Ein Loch ist und bleibt für immer ein Loch. Vierzig Jahre lang haben wir die Straßen geflickt. Ein Flicken aufm anderen. Und es ging gut, warum hätte es auch nicht gehen sollen. Und jetzt werden wir vierzig Jahre lang flexen. Nix wird sich ändern. Bloß 'ne neue Technik, die Einzug hält …»

Margret greift nach dem Handy, tippt eine Nummer ein, lächelt und säuselt: «Harry, Liebling, hast du grad Kundschaft? Fährst mich nach Haus, Schatz? Ich bin so müde.»
Über dem Haus, in dem die *Meilenstein-Bar* weiterhin dem Schlaf trotzt, über der Straße, in der sich dieses Haus befindet, wälzen sich graue Wolken von einer Seite auf die andere, sie sind wie Luftballons auf dem Meer, das vom Wind aufgewühlt wird. Die Dunkelheit bedeckt immer noch die Straßen mit ihrer blickdichten Watte.
Das Gatter am Eingang zum Oranienburger Tor steht offen. In dem leuchtenden Schacht rattert der erste Zug. Der Lärm von unten jagt die Stille und die schlafenden Tauben hinaus. Der quietschende Lärm, wenn sich Eisen ganz dicht an Eisen schmiegt, das ist für uns die Paradiesmusik.
Ja, unser Leben – hier wie dort – ist wie U-Bahn-Fahren: einsteigen, aussteigen, einsteigen, aussteigen, einsteigen, aussteigen. Stundenlanges, tagelanges, jahrelanges Warten. Einsteigen und aussteigen. Ausstieg zum Einsteigen, Einstieg zum Aussteigen. Haken sagte einmal, der Mensch sei nicht mehr als eine missratene Maschine, und eine Maschine sei mehr als ein Mensch. Menschen seien Maschinen, jede Maschine, jedes Ding verfüge über eine Seele – auch eine elektrische Gitarre. Ich glaube, er hatte Recht. Wir alle ticken auf eins, zwei. Eins, zwei. Einsteigen. Aussteigen.
Ja, ich bin auch so einer, der mit dem Zug hin- und zurückfahren kann. Der sich in der U-Bahn nie verläuft. Der die Seitentunnels kennt, auch die, wo Zutritt verboten ist, die, wo man schlafen kann. In meiner Manteltasche trage ich immer etwas Schotter von unter den Schwellen. Damit ich nie vergesse, von welcher Seite ich diese Welt betreten habe.

DIE TAUCHER AUS DEM OSTEN

Katrin hat eine Schwester, sie heißt Gisela Nebel, aber sie wird Gazella gerufen wegen ihrer langen, dünnen Beine und ihres langen, dünnen Körpers, noch länger und dünner als der von Katrin. Dafür ist sie drei Jahre älter, hat früher als Bardame gearbeitet und kümmert sich jetzt um ihren fünfjährigen Sohn Alfred, der glatt in einen Schulranzen passen würde, und um ihren dreißigjährigen Ehemann Jan, der nicht einmal in zwanzig Schulranzen Platz finden würde.

Jan Nebel, dessen Bart nur notdürftig ein dreifaches Kinn kaschiert, arbeitet als Fleischermeister in einem Neuköllner Schlachthof. Er sagt, es ist, wie es ist, er sei durchaus zufrieden. Die Hausbar versorgt er mit bayerischem Hefeweizen, die Tiefkühltruhe mit Rinderfilet.

Die Nebels wohnen in Kreuzberg, in einer Wohnung, die groß ist und günstig. Unter ihren Fenstern schlängelt sich die U1, worüber sie nicht gerade froh sind, die Züge reißen sie aus dem Schlaf, mir und Žeňa ging es in Prag genauso,

mit den Zügen in Richtung Hradec Králové oder Ostrava. Letzten Samstag waren wir dort zum Abendessen eingeladen. Gazella kam soeben aus Amsterdam zurück, wo sie eine alte Freundin besucht hatte, und sie war von dieser Stadt ganz begeistert.
Nun nahm sie mich unter die Lupe und bot mir immer wieder an, einen Joint zu bauen.

Katrin erzählte, wie wir bei einer ganz normalen U-Bahn-Fahrt zwischen Kreuzberg und Mitte fast in eine Schlägerei geraten wären. Es fing harmlos an, uns gegenüber saß so ein Berlin-Eastside-Typ, ein feistes, fettes Jüngelchen in abgewetzter Jeans und ausgeleiertem T-Shirt, das unablässig hickste, rülpste und wieder hickste. Es hörte sich genauso an wie die U-Bahn-Türen, wenn sie sich öffnen und schließen. Und genauso wenig, wie man die U-Bahn stoppen kann, konnte dieser nach Bier stinkende Typ seinen Schluckauf stoppen.
Auch wir rochen nach Bier. Ich empfahl ihm, seine Rechte hochzuhalten, eine Atempause einzulegen und bis dreißig zu zählen. Das ist ein bewährtes Rezept meiner Großmutter. Der Typ riss die Augen auf und streckte seine Linke aus. Klar, dass er Linkshänder war und die Sache aus dem Ruder zu laufen drohte.
«Bin ich etwa 'n Nazi? Was willste von mir?», dröhnte er.
«Gar nichts. Hab nur helfen wollen.»
«Siehste hier vielleicht jemand, der drum gebeten hat?»
«Ja. Ich hab schon dich gemeint.»
Katrin japste. Auf ihrer Stirn trat eine dunkle Ader hervor, wie immer, wenn sie aufgeregt oder erschrocken war.
Einige Leute murmelten was, tauchten aber schnell wieder in sich selbst ein.

Der Junge holte aus und schickte seine Faust vor, der ich ausweichen konnte, genau wie die Erde den Meteoriten bisher erfolgreich ausweicht, und mit seiner ganzen wutgelenkten Kraft rammte er die Faust in die Metallstange. Entzweigehauen hat er sie nicht, war aber nah dran.
«Ich bring dich um», schrie er, und das schien durchaus ernst gemeint.

Gazella strich sich übers Ohr und sagte, das sei schon eine spannende Story. Ihr Mann Jan nickte, dabei lief ihm die Spaghettisauce übers Kinn.
Dann fragte Gazella, ob sie endlich den Joint in Angriff nehmen sollte, als Digestif gewissermaßen. Jan sagte, es ist, wie es ist, da ließe sich nichts machen, die Leidenschaft für Joints hätte Gazella aus Amsterdam mitgebracht, wo ihre beste Freundin in einem Coffeeshop bedient. Jan brachte das in einem Ton hervor, als schäme er sich für sie, vielleicht schwang auch ein wenig Neid mit, weil er nicht dabei sein konnte und stattdessen in Kreuzberg den Sohn gehütet hatte. Er fragte, wie es mit dem Linkshänder ausgegangen sei.

Es lief auf eine Verfolgungsjagd hinaus. Die neuen Züge der U8 sind ellenlange Schläuche, von innen hat man das Gefühl, sich in den Eingeweiden eines gelben Ungeheuers zu befinden, das Dunkelheit frisst und Helligkeit fürchtet. Ich rannte ans Ende des Zuges, vor mir Katrin, Berlin Eastside hinter mir. Die Hand tat ihm zwar weh, er pöbelte ziemlich herum, hatte aber flinke Beine, wie der Brasilianer Ronaldo, der in Japan die deutsche Fußballmannschaft in die Pfanne gehauen hatte. Er wurde immer schneller und wir immer langsamer, aber zum Glück ist es im Leben genau wie auf dem grünen Rasen: Vor der Gerechtigkeit kann jeder fliehen, aber keiner, nicht einmal der göttliche Ronaldo, kann einem heimtückischen Foul entkommen.

Und genau das trat ein: Man hörte einen dumpfen Aufprall, Katrin drehte sich um, ich drehte mich um, da lag Berlin Eastside schon auf dem Fußboden und hielt sich die Nase. Jemand musste ihm ein Bein gestellt haben. Zum Nachdenken war keine Zeit, der Zug fuhr gerade in die Heinrich-Heine-Straße ein, dort, wo Zitate aus Heines Werken die Wände zieren.

Die Tür geht wieder zu, ich schaue vom Bahnsteig in den Zug hinein, halte Katrins Hand fest und erkenne, dass das Foul von jenem Typen begangen worden sein muss, der öfter vorbeikommt, wenn ich in der U-Bahn spiele, dieser Typ im braunen, nach Öl und Teer stinkenden Mantel, der auch schon ein paar Mal bei einem U-BAHN-Konzert auftauchte, als es bereits lief, und noch vor dem Ende verschwand, dieser Typ, dessen Augen glatt eine Wand durchbohren können.

Ungern möchte ich als Paranoiker dastehen, doch es kommt mir so vor, als sei ich der Einzige, der ihn überhaupt sehen kann. Ja, er könnte tatsächlich eine dieser Gestalten sein, die im Himmel unter Berlin ihre letzte Heimat gefunden haben, wie Günter immer meint.

Er schaute mich an und hob die Hand zum Gruß. Berlin Eastside wimmerte auf dem Boden, zusammengekauert wie eine Larve vor dem Verpuppen. Katrin zog mich an der Hand und schrie, wir sollten doch endlich die Fliege machen.

Je kleiner im Tunnel die roten Zuglichter wurden, desto mehr schwoll Katrins Stirnader ab.

Gisela, zu der alle Gazella sagen und die im Gehen mit ihrem Haar sanft die Decke streift, sagt, das mit dem Hickser, das sei schon spannend.
Jan möchte wissen, wie ich das Essen finde, und ich sage, es schmeckt hervorragend. Dann frage ich, ob sein Schlachthof nicht darunter leidet, dass die Menschen heutzutage Angst haben, Fleisch zu essen, und er wischt sich die Sauce vom Bart und beteuert, sowohl das Rind- als auch das Schweinefleisch von seinem Schlachthof wären sauber und von keiner Virose befallen. Für Spaghetti Bolognese nehme er übrigens Mischhack, halb Schwein, halb Rind, das macht die Sauce saftiger.
«Noch 'n Weizen?»
Ich nicke. Er leert sein Glas in einem Zug. Katrin merkt an, wie friedlich und gemütlich es hier ist, dabei leben wir in total wirren Zeiten, die vor allem Aggressionen schüren. Die Geschichte mit dem Hickser sei nur ein Beispiel, gerade ich zöge ständig das Unheil an, zum Beispiel am Mittwoch, als die John-Lennon-Mafia aus unserer Band beinah Kleinholz gemacht hätte.
Und Jan, der zwar von Schlachthöfen, Schlachtmessern und Schlachtwerten der Kalbsnieren eine Menge versteht, aber im Gegensatz zu Gazella oder Katrin keine Ahnung von Rockmusik hat, sagt, er hätte gedacht, der Lennon sei schon längst tot.
Was soll man dazu sagen?

Die Sache war die: Wir hatten ein kleines Straßenkonzert unter der U-Bahn Schönhauser Allee improvisiert. Ein Höllenspektakel. Unsere Songs mussten wir gegen das Pfeifen des Verstärkers durchsetzen, über uns donnerte die U-Bahn, neben uns ratterten die alten tschechoslowakischen Straßenbahnen, die wir früher Husáks Rache nannten, weil sie mit ihrem gewaltigen Gewicht die Gleise kaputtmachen. Wir hatten unsere Verstärker dabei und das halbe Schlagzeug, alles auf Kisten gestellt. Wir spielten, die Leute nippten an ihrem Bier, nahmen sich gegenseitig in die Arme und schienen sich gut zu amüsieren. Soeben ging unser neuer Song *Spree-Blues* zu Ende, ein Lied darüber, wie das Wasser rückwärts fließt und wir den Boden unter den Füßen verlieren, weil das Wasser die Zeit symbolisiert, als ein Haufen Streithähne in der Menge aufkreuzte.

«Spielt mal was von Lennon!», schrie ein langer alter Hippie in Fransenlederjacke.

«Na macht schon, Punk interessiert hier keine Sau», sekundierte ihm ein anderer, ebenfalls in Westernlederjacke, ansonsten ratzekahl und rund wie ein Bierfass.

Pancho Dirk stieß zwischen den Zähnen hervor, da sei sie ja wieder, die Lennon'sche Friedensmafia, diese in ewiger Pubertät steckenden Alt-Hippies, die damals in der *Zosch-Bar* die Schlägerei provoziert hatten, diese Hippies, die sich so lange nach dem Weltfrieden gesehnt hatten, bis sie einen Dachschaden davontrugen.

Als ihre Anführerin galt die sechzigjährige Hippieschamanin Tatjana, der sämtliche Sicherungen durchgebrannt waren. Überall erzählte sie, dass sie schon seit grauen DDR-Zeiten mit Lennon und all den toten Friedensaposteln in Verbindung stehe, ja, dass sie seit Menschengedenken Lennons Willen ausübe. Und dieser habe da oben entschieden, sanfter Protest genüge nicht mehr, man müsse die Sache endlich in die eigene Hand nehmen und eine Revolution vom Zaun brechen, vielleicht sogar einen Krieg. Um die dafür dringend erforderlichen finanziellen Mittel aufzutreiben, schrieb Tatjana unter anderem bösartige Erpresserbriefe an Yoko Ono, in erster Linie aber drangsalierte sie ihre Jungs, die sie zu Kleindiebstahl und Schutzgeldeintreibung nötigte. Darum drückten diese Jungs Berliner Straßenmusiker gegen die Wand, jagten sie durch U- und S-Bahnhöfe, zwangen sie, Beatles-Songs zu spielen, und kassierten an besonders lukrativen Orten, Bahnhofshallen etwa, eine Art Schutzgebühr. So viele waren es gar nicht, zum Glück, aber man durfte ihnen nicht in die Quere kommen.

«Hört mal, diese Gegend gehört uns», schrie die dürre Lederstange, zerknüllte eine Bierdose in der Hand und pfefferte sie in unsere Richtung. «Entweder ihr spielt, was wir wollen, und zieht dann Leine. Oder ihr spielt nicht, kriegt eins in die Fresse und zieht eben dann Leine.»

So etwas nennt man Qual der Wahl.

Unsere Wahl aber heißt Atom. Am Anfang wollten wir von ihm nichts wissen, heute steht fest: Er ist das Beste, was uns passieren konnte. Spielt großartig Schlagzeug, gerät schnell in Rage, und prügeln kann er sich wie ein Profi. Atom legt die Trommelstöcke zur Seite, richtet sich auf, und schon liegt ein Wahnsinnszorn in der Luft.

Und je mehr Atom aufbraust, desto dunkler wird der Himmel, dunkler und dunkler, irgendwo schlägt ein Blitz ein, ein Wind kommt auf, wie Berlin ihn seit fünfzig Jahren nicht mehr erlebt hat. Die Schönhauser Allee verwandelt sich schlagartig in eine afrikanische Wüste, mächtiger Staub wirbelt, dazu Laub, Papierfetzen und Kippen, man kann so gut wie nichts erkennen. Kaum haben wir unser Zeug in Pancho Dirks Auto verstaut, das nicht ihm, sondern einer Stand-by-Frau gehört, beginnt der Wolkenbruch. Wir sehen noch einen der Mafiosi an der U-Bahn-Treppe die Faust recken, von wegen man sieht sich, wenn das Wetter besser wird.

«All you need is fuck», rief ihm Atom zu. Atom, der Punkigste von uns allen, eigentlich der einzige Punker in unserer Band, hält alle Hippies prinzipiell für verklemmt und sexuell frustriert.
Sein Satz wird aber nur von uns dreien im Auto vernommen, bei geschlossenen Türen, draußen versinkt die Straße in einem Höllenlärm.
Pancho Dirk steckt sich eine an. «Na, das war knapp.»
Er kontrolliert seine Frisur im Rückspiegel, schüttelt gleichzeitig Kopf und Lenkrad, so einen Quatsch habe er schon lange nicht mehr erlebt, und ich muss ständig daran denken, wie der nächste Zusammenstoß mit den Lennons ausgehen mag, wenn uns kein Gewitter zu Hilfe kommt.
Am Freitag brachte Atom die frohe Botschaft in den Wasserturm, die Rache der Mafia werde auf unbestimmte Zeit verschoben, denn Tatjana sei ausgerechnet beim Teekochen vom Blitz getroffen worden und liege mit Armverbrennungen in der Charité, wo ihr die Jungs mit Aprikosenkompott und Rosen aufwarten.

Jan nickt, wieder läuft ihm Sauce den Bart hinunter. Schmatzend reicht er mir die Schüssel mit Parmesankäse. Parmesan sei ein raffinierter Käse, man müsse ihn ganz fein raspeln, sonst könne man nicht die volle Geschmacksbreite herausholen, das hätte er in Italien gelernt.
Ich nehme noch einen kleinen Löffel, und Jan, der aus Bremen stammt, fragt, ob es bei uns auch italienische Restaurants gibt. Eins habe ich in Prag vielleicht gesehen, sage ich. Das liegt wohl daran, überlegt Jan, dass mein Land so weit weg liegt, Prag stellt für ihn eine im Unbekannten versunkene Stadt dar.
«Wie weit ist es denn von hier aus?»

«Dreihundertfünfzig Kilometer», sage ich.
Da habe Jan gedacht, Prag müsse dreimal so weit entfernt liegen, er ist ja bisher nie da gewesen, aber die goldene Stimme aus Prag – aus Praaag sagt er –, die kenne er schon, und damit meint er Karel Gott, seit den siebziger Jahren legen Jans Eltern immer wieder seine Platten auf, und der Gott, der könne wirklich gut singen, neulich seien sie ja sogar bei seiner Show gewesen. Er fragt, ob in Prag Autos geklaut werden und wie viele Fernsehkanäle wir haben und ob ich noch ein Hefeweizen möchte, dann schenkt er sich selbst ein volles Glas ein.
Ich sage, ich wisse nicht, ob in Prag Autos geklaut werden, weil ich keins habe, und Fernseher hätten wir schon, sogar in Farbe, und es sei ja nicht weiter schlimm, dass Jan bisher nicht in Prag war, ich war ja auch noch nicht in Bremen.
«Echt nicht?» In einem Zug stürzt er das halbe Glas hinunter. «Das solltest du aber. Wir haben ein schönes Rathaus, so 'n historisches, so wie überall in Bremen. Und der Hafen! Aber die Bremer Stadtmusikanten, die kennst du doch, oder?»
Ich nicke und beobachte Gazella, die kichernd an ihrem Ohrläppchen zieht. Sie lacht so, wie ich es an Katrin mag, genauso unauffällig, fast unmerklich, ihre Lippen zittern bloß ganz leicht, und in ihrem Rachen scheint eine Baby-MG leise zu knattern: Eeee Eeee.
Gazella freut sich, dass wir endlich mit einem Joint einverstanden sind. Sie reicht ihn herum, und nachdem ich gezogen habe, prustet sie vor Lachen.
«Hab ich's doch gewusst.»
«Was hast du gewusst?»
«Dass es stimmt. Dass du 'n Taucher bist. 'n Taucher ausm Osten.»

Sie erzählt, dass man in den Amsterdamer Coffeeshops die Tschechen stets als Taucher aus dem Osten bezeichnet, denn jedes Mal, wenn die Nachfahren von Smetana und Masaryk kommen und gelassen ihre Portion Grass bestellen, drehen sie sich gemächlich eine Tüte, stecken sie ganz langsam an, nehmen einen endlos langen Zug und lassen den Rauch ein halbes Jahr nicht aus der Lunge heraus, bis zum letzten Moment wollen sie ihn auskosten, wie sie es von zu Hause gewohnt sind, wo das Grass so schwach ist wie dreimal aufgebrühte Teebeutel, sie halten den Rauch eine Ewigkeit in der Lunge, wie eine Perlentaucherin von der südkoreanischen Insel Jeju. Beim Rauchen von holländischem Grass sehen die Tschechen wie Taucher aus, danach fallen sie unter den Tisch, als bestünden sie aus Reispapier und nicht aus slawischem Fleisch, germanischen Knochen und keltischem Bier.

DIE ADERN

Ich fahre U-Bahn und spiele Gitarre, oder besser gesagt: dylaniere. Meistens bin ich mit der U1 und U2 unterwegs, denn hier bringt es am meisten.
Von der U-Bahn gibt es stellenweise einen tollen Blick auf die Stadt, weil die Gleise hoch über der Erde auf Pfeilern verlaufen, der Zug scheint gar nicht mehr zu fahren, sondern eher zu schaukeln, womöglich steht er sogar, und draußen ziehen die Häuser vorbei, eines nach dem anderen. Es dauert zwanzig Minuten, dann verschwindet der Zug wieder unter der Erde wie ein Stift in der Federmappe oder ein Sarg im Krematoriumsofen.
Die U1 und die U2 sind ein Eldorado für Gitarristen und Mundharmonikaspieler. Allerdings gilt das nur für bestimmte Strecken:
U1 von Warschauer Straße bis zum Wittenbergplatz, da, wo sie über Kreuzberg schwebt; U2 vom Bahnhof Zoo bis zur Endstation in Pankow. Hier sitzen empfindsame Menschen, Menschen mit offenen Herzen und ebensolchen

Portemonnaies, woran man wieder einmal sehen kann, wie alles mit allem zusammenhängt.
Wenn man mit der U1 weiterfährt, bis nach Dahlem, und es sind gerade Ferien oder ein Feiertag, wenn also in dieser Unigegend kein Leben pulsiert, ist die U-Bahn halb leer, weil das hier ansonsten eine Geldsackgegend ist, und Geldsäcke fahren nicht U-Bahn, und wenn, dann haben sie ihr Geld fest im Griff, genau so wie ihre Gefühle. Ähnlich langweilig ist die U2 vom Zoo bis nach Ruhleben – eine verschnarchte Zone, wo nur ein Anfänger spielen würde.
Von den anderen Linien kommen noch die U6 zwischen Oranienburger Tor und Mehringdamm in Frage und vielleicht die U8 von Weinmeisterstraße bis zum Hermannplatz, als Döner-Strecke bekannt, weil hier viele Türken unterwegs sind. Die U5 taugt nur was vom Alex bis zur Frankfurter Allee.
Man kann auch in der S-Bahn spielen, aber dort gibt es mehr Konkurrenz, und außerdem hängen dort die verklemmten Jungs von der Lennon'schen Friedensmafia herum. In der S-Bahn muss man außerdem mehr auf die Kontrollettis aufpassen – die schlimmsten tragen schwarze Baretts und sind gute Sprinter, kein Vergleich zu den bierbäuchigen Familienvätern von der U-Bahn, denen die Uniformhose über den Po rutscht und deren weiß besockte Füße in Turnschuhen oder Mokassins stecken.
Während die U-Bahn-Daddys einem meistens nur gut zureden und erzählen, was man noch darf und was nicht mehr, greifen die schwarzen Baretts härter durch, weil sie sich in der Bahn vorkommen wie in einem Film über den Vietnamkrieg. Die können einen sogar in ihre Dienststelle schleppen und richtig in die Mangel nehmen.
Auf einen von ihnen ist Pancho Dirk besonders schlecht zu

sprechen: nicht allein, weil der ihm die Saiten seiner Gitarre durchgeschnitten hatte, sondern auch, weil er ihm dermaßen eine geklebt hatte, dass Pancho Dirk zwei Tage danach noch die Ohren schmerzten. Er wollte sich beschweren, aber es gab keinen, der seine Beschwerde entgegennehmen konnte. «Wenn du einmal schwarzfährst, und noch dazu schwarzspielst, biste schwarz, auch wenn du weiß bist, und in einer weißen Gesellschaft trifft es die Schwarzen immer am schlimmsten.» So weit zu Atoms Analyse der Situation. Aber auch die U-Bahn-Kontrollettis können mal hart durchgreifen. Vor ein paar Tagen haben sie mich in der U2 geschnappt. Noch einmal, dann geht's direkt zur Polizei, drohten sie. Fürs Erste wurde ich mit einer vorläufigen Sperre belegt. Das geschah im U-Bahnhof Mohrenstraße, der von allen Bahnhöfen am stärksten an eine Grabstätte erinnert, denn für die Verkleidung wurde Marmor vom Reichstag verwendet: prunkvoll, schwer und kühl.

Statt in der U-Bahn sitze ich nun im *Nordring*, und Günter erzählt, dass der Bahnhof Mohrenstraße vor dem Krieg Kaiserhof hieß, später dann Thälmannplatz nach dem Kommunisten Ernst Thälmann, der von den Nazis im KZ zu Tode gefoltert wurde. Nach dem Krieg wurde ihm zu Ehren im Schatten der Plattenbauten am Prenzlauer Berg eine Statue errichtet, die so riesig ist, dass sich jeder neben ihr wie ein Winzling vorkommt. Womöglich habe genau deshalb jemand die halbe Statue silbern angepinselt, sagt Günter, sodass Thälmanns Kopf tagaus, tagein in die Ewigkeit strahlt.

Als DAS DING dann gebaut war, wirkte es komisch, dass ein nach Thälmann benannter Bahnhof ausgerechnet am äußersten Rand des Ostblocks stehen sollte, ganz am Ende der Friedenszone, die von Kamtschatka bis hierher reichte. Hinter dem Bahnhof war Schluss, will sagen: Westberlin. In den achtziger Jahren wurde der Bahnhof daher nach Otto Grotewohl umbenannt, der zunächst ein Sozi, später Kommunist und zu guter Letzt Vorsitzender der DDR-Regierung gewesen war. Die Frage stellt sich, wen von beiden die unmittelbar benachbarte Mauer mehr gestört hätte, Thälmann oder ihn?

Günter erzählt, wie in diesem Bahnhof die Züge ihre Richtung wechseln mussten, um in die Vinetastraße zurückfahren zu können. Zu Stoßzeiten mussten die Zugführer binnen zweieinhalb Minuten von einem Zugende bis zum anderen laufen und dabei noch die Bremsen hochziehen, den Führerstand abschließen und wieder aufschließen und die Bremsen locker machen. Ankunft und Abfahrt alle zweieinhalb Minuten.

«Ein gewisser Niemetz hat diese hundert Meter unter vierzehn Sekunden geschafft, das war schon ein Rekord. Aber wie er versucht hat, diese Zeit bei uns im Stadion nachzulaufen, kam er nicht unter siebzehn. Da galt sein Rekord nichts mehr», sagt Günter und trinkt Bier mit Waldmeistersirup.

Wie kann man in so einem Bahnhof überhaupt schnell laufen, frage ich, der Marmorboden ist doch glatt und die Luft zum Schneiden dick. Aber Günter ist der Meinung, Niemetz' Lunge sei wohl vom Ozon angetörnt worden. Das entsteht nämlich, wenn der Zug an den Stromkreis angeschlossen wird und dabei Funken sprühen.

Vor hundert Jahren, als die U-Bahn gebaut wurde, hatten alle Angst, in der feuchten und stickigen Luft könnten sich Bazillen sammeln, bis man herausfand, dass das Ozon sie alle tötet.

«Würdest du dich mal bei unserem Betriebsarzt nach den typischen Zugführerkrankheiten erkundigen, könntest du feststellen, dass wir für Grippe oder Ähnliches überhaupt nicht anfällig sind. Bloß der Rücken tut uns weh, weil wir sozusagen einer sitzenden Tätigkeit nachgehen, und auch die Augen, die sind empfindlich geworden, weil sie sich ständig dem Wechsel von Licht und Dunkelheit anpassen müssen.» Günter hebt sein Glas, das Bier leuchtet so grün wie eine Ampel, die freie Fahrt verheißt.
Der Zugführer Niemetz hatte oben zwar schlechtere Laufzeiten als unten, aber trotzdem gewann er jedes Jahr das betriebsinterne Langstreckenrennen, selbst die Jungs vom Schlachthof hat er geschlagen, die als Meister gehandelt wurden, weil sie so gut genährt waren.
«Von den Weibern wurde er geradezu vergöttert, was für 'n trainierter Körper, sagten sie, aber die ganze Bewunderung konnte er sich wer weiß wohin stecken, weil er von seiner Frau ganz schön kurz gehalten wurde. Sie ließ ihn nirgendwohin, nur mittwochs und freitags zum Training, sonntags führte sie ihn in der Wuhlheide spazieren, so wie andere Frauen ihre Kinder oder Hunde ausführten. Sie promenierte dort mit ihm wie mit 'ner hübschen Dogge an einer unsichtbaren Leine. Bald fühlte er sich auch entsprechend und wurde traurig. Zum Schluss hörte er mit dem Laufen auf, und wie er aufgehört hatte, bekam er 'nen Schlaganfall.»
Ich sage zu Günter, dass mir der Bahnhof, der für Niemetz zugleich auch Rennstrecke war, düster und traurig vorkommt.
«Ich mag die Mohrenstraße gern. Du musst mal kucken, wenn da so 'n Zug einfährt, dann spiegelt sich das Licht nicht wie im Spiegel wider, der Marmor schluckt es kom-

plett, es wird aufgesaugt wie vom Schwarzen Loch im Universum, das auch uns einmal schlucken wird.»
Die Kneipe versinkt im Rauch, Günter bestellt noch eine Berliner Weiße, bei deren Anblick sich jedem anständigen tschechischen Biertrinker der Magen umdrehen würde.
Katrin sagt, die Tschechen seien wahnsinnig konservativ (der Meinung war Žeňa übrigens auch), aber sie müssen wohl so sein, um ihre Identität zu behalten, sie seien die Isländer Mitteleuropas, ihr Land sei inmitten von großen Nationen genauso verloren wie Island mitten im Atlantik. Unsere Gemeinsamkeit besteht darin, dass wir kleine Nationen sind, und diese müssen ihre Traditionen aufrechterhalten. Jetzt weiß ich allerdings nicht mehr, ob das von Katrin oder von Palacký stammt.
Günter weiß, dass er mit seinem Getränk Verrat am Bier begeht, aber Sirup sei gut für die Nerven und für den Magen, weil grüne Farbe beruhigend wirkt. Er sagt, er wisse nicht, wie konservativ die Tschechen sind, da wird es wohl von Fall zu Fall Unterschiede geben, aber die Tschechen an sich kommen ihm vor wie ein durchaus cleveres Volk, die ganze Welt weiß doch, dass die Tschechen das Pilsner Bier erfunden haben, das später von sämtlichen deutschen Brauereien kopiert wurde.
Ich sage, dass die Deutschen auch ein cleveres Volk sind, das Lieblingsauto der Tschechen sei ja der Škoda, ein abgekupferter Volkswagen. Überhaupt unterhalten die Tschechen gute Beziehungen zu den Deutschen, ohne sie wären sie nie geworden, was sie heute sind: das Volk der Wochenendhäusler. Als nach dem Krieg Tschechen die Deutschen vertrieben hatten, bauten sie sich aus den verlassenen Häusern für ein paar Zerquetschte tolle Wochenendburgen.
Günter bestellt noch eine Runde und erzählt, am allerwe-

nigsten hätte er die heutige U5 gemocht, die vom Alex nach Hönow geht.
Auf dem Plan ist sie braun eingezeichnet und verläuft quer unter der ehemaligen Stalinallee, wo die gekachelten Bahnhöfe wie riesige Badezimmer ausschauen. Nur dass anstelle von Duschköpfen dort runde Lampen an die Decke montiert wurden. Auf dieser Linie kam ich mit Pancho Dirk zusammen, nachdem ich mich in Prag von Žeňa getrennt hatte. Als ich sie verlassen hatte. Ich meine, als ich damals weggelaufen war.
Günter sagt, momentan ende die U5 am Alex, aber der Kanzler würde sie gerne bis zum Reichstag weitertreiben, der wie ein Zeppelinhangar ausschaut, bloß habe er nicht genug Geld dafür. Aus dem U-Bahn-Labyrinth am Alex geht die U5 ab in Richtung Osten. Aufs Land, in das Plattenbauparadies nach Hönow.
Diese Linie schneidet auch die Magdalenenstraße, wo eine ganze Plattenbaufestung entstanden war, für jenes Ministerium, das Tag und Nacht über den Schlaf der DDR-Bürger wachte: das Ministerium für Staatssicherheit. Wenn es stimmt, dass dort zwanzigtausend Menschen beschäftigt waren, muss die U-Bahn ganze Sonderzüge für die Stasi-Leute eingerichtet haben.
Günter sagt, so sei es nicht gewesen.
Aber ich stelle mir trotzdem vor, wie jedem Zug in Leuchtschrift auf der Stirn geschrieben stand: *Reserviert für das MfS*. Allerdings war die Stasi eine Geheimorganisation. Also stand dort *Reserviert für Zahnärzte*. Oder *Elektriker*. Oder *für die Usedomer Bauern*. Oder schlicht und einfach: *Reserviert*.
Und alle wussten, dass jeder anständige Mensch diesen Zug meiden muss, denn er endete direkt am Tisch vom kleinen

Erich, dem Stasichef. Der Tisch war so groß, dass auf ihm Sprühflugzeuge hätten landen können.
Noch nach Jahren erinnert sich seine Sekretärin, wie er jeden Morgen ein hart gekochtes Ei und Tee bestellte, alles akkurat am vorbestimmten Platz, weil der Chef auf Ordnung großen Wert legte. Ordnung musste sein. So aß er, las Zeitung, und neben der Teetasse lag die weiße Totenmaske von Lenin, wie auf anderen Tischen Blumenvasen stehen. Für Blumen hatte die Stasi nichts übrig, außer für Nelken, die sie bei Jubiläen, Jubiläenjubiläen und Beerdigungen im Volk verteilte.
Ja, die U-Bahn übt schon eine große Macht aus über die Menschen und über die ganze Stadt. Über diese Stadt, die immer noch darunter leidet, einmal groß gewesen zu sein, um später von Himmelsrichtungen entzweigerissen zu werden, und die nun wieder groß werden will. Eine Stadt, die nur durch Pläne zusammengehalten wird, eine Stadt, deren einzige Berge aus Schutt bestehen, eine Stadt, die ihre Geschichte in Stein gemeißelt vorfindet und ihre Zukunft aus Glas errichten will.

JAGGER, JÁGR, JÄGERMEISTER

Eine Sommernacht,

die bald aufhört, eine zu sein. Noch aber sind ihre beiden Enden gleich weit entfernt.
Wir stehen auf der Trennlinie zwischen zwei Stromkreisen.
Der Strom speist die Straßenlaternen, ihr Licht bringt die hohen Lederstiefel, Lederröcke und Lederjäckchen der Kurtisanen auf der Straße des 17. Juni zum Glänzen.
Wir stehen am Straßenrand.
Wir streiten nicht mehr, aber wir schweigen, was fast auf das Gleiche hinausläuft. Alles ist verkehrt. Gestern wollte Katrin nur reden, reden, reden, ich wollte mehr. Ich wollte das andere.
Katrin sagte: «Kannst du nicht mal ’ne Weile ruhig liegen und mich im Arm halten? Können wir uns nicht einfach mal unterhalten?»
Also unterhielten wir uns.
Dann wollte sie mehr, aber da lief schon die Glotze. Fernsehwellen haben eine merkwürdige Eigenschaft: Sie funken allen anderen Wellen dazwischen.

Später, bei der Party von Katrins isländischen Freunden in Schöneberg, gab es starkes, aber mieses Grass, von dem wir beide Kopfschmerzen bekamen, die Sorte, die einen wie ein schwerer Stein in die Tiefe reißt. Nicht gerade eine Aufforderung zum Fliegen.
Außerdem war ausgerechnet der nicht gekommen, auf den sich Katrin die ganze Woche lang gefreut hatte: der berühmte isländische Regisseur Fridrik Thór Fridriksson. Katrin liebt seine Filme, vor allem *Children of Nature* und *Cold Fever*. Fridriksson liebt Döner. Er soll sich irgendwo in Kreuzberg verlaufen haben.
Katrin liebt nicht nur isländische Filme, sondern auch isländische Sagen, Musik, Bücher und Geysire. Katrin liebt diese kleinen Haifischstückchen, die vier Monate unter der Erde modern müssen, bevor man sie mit Kümmelschnaps hinunterspült. Katrin liebt jungfräulichen Schnee und absolute Stille.
Katrin liebt Island.
Mit ihrem Exfreund ist sie eine Woche da gewesen und möchte, dass wir beide für mindestens zwei Wochen dahin fahren, wir könnten ein Auto mieten und die ganze Insel umrunden, uns den Vulkan Hekla anschauen, das Tor zur Hölle, und den Drowning Pool am Axtfluss, wo Ehebrecherinnen ertränkt wurden, zusammen mit ihren Neugeborenen, aber – wir wissen beide, dass es gar nicht so einfach ist.
Eines mag Katrin an Island nicht: Es ist alles furchtbar teuer dort.
Katrin wollte mit Fridriksson nicht nur über seinen neuen Film sprechen, sie wollte ihn auch fragen, ob die Isländer wirklich glauben, dass ihre Insel durch den Ozean treibt wie ein Seerosenblatt von einem Ende des Meers zum an-

deren. Ob auch er glaubt, dass die Insel von einem großen Fisch festgehalten wird und die Menschen darum nicht genug Wärme abbekommen, doch wenn der Fisch endlich einmal loslassen würde, könnte Island bis in die Karibik treiben. Katrins isländische Freunde behaupten, das sei alles totaler Quatsch, auf Island hätte noch nie jemand eine Seerose gesichtet. Ich weiß nicht, wo sie das herhat, aber Islandbücher nehmen bei ihr ein halbes Regal ein.

«Katrin, rauch nicht so viel», lacht Thorir, ein dünner blasser Vierzigjähriger, der seit acht Jahren in Berlin Film, genauer Drehbuch, studiert und Bücher schreibt. Bis dato nur für die Schublade, aber immerhin, er schreibt.

«Katrin, auf Island weiß doch jeder Steppke, dass unsere Insel das versteinerte Kind von Mutter Erde und dem Riesen Kosmos ist, bei dem man die Nabelschnur nicht rechtzeitig durchtrennt hat – so sind wir zu unseren Vulkanen, dem Schwefel und den Geysiren gekommen. Man sagt, diese Öffnungen brauche Mutter Erde zum Atmen, doch von einem losen Seerosenblatt hat noch keiner was gehört», trägt der dreißigjährige Gunnar zur heimatkundlichen Diskussion bei. Er studiert ebenfalls Film in Berlin, genauer Video und Werbung.

«Du solltest nicht so viel rauchen, Mann, davon wird deine Software auch nicht besser! Island und Grönland sind doch riesige Meteoriten gewesen, die von der Milchstraße hierher geschleudert wurden, zur gleichen Zeit wie die Eisberge.» Thorir zieht an seiner Zigarette.

Wir beugen uns über das Balkongeländer, unter uns dröhnt die Straße, und das türkische Bistro verschlingt einen nächtlichen Fresser nach dem anderen. Ein Taxi hält vor der Tür, eine Weile später kommt der Fahrer zurück, beide Hände voll mit Döner, Brathähnchen und Bier.

«Wurde wohl zum Einkaufen geschickt, die Leute sind sogar dafür zu faul.» Gunnar zeigt mit dem Finger auf den Taxifahrer.

«Bei uns schickt man Taxis, um Alkohol zu holen, weil man sich schämt, die Pulle selbst im Laden zu kaufen. Ich hab früher in so 'nem staatlich geführten Alkladen gejobbt. Um zehn wurde geöffnet, und eine Minute nach zehn spazierte so 'n alter Maler herein, und je nachdem, ob er Kümmelschnaps oder Eierlikör kaufen wollte, wussten wir, ob er gut oder schlecht drauf war. Und auch ein Pastor kam regelmäßig vorbei. Der stellte sich immer an die Türschwelle, malte mit der Hand ein Kreuz in die Luft und versuchte, die Leute, die da Schlange standen, mit Gebeten zu bekehren, von wegen Alkohol führe jedermann ins Verderben, sei die Waffe des Teufels, damit bringe er ganze Familien auseinander. Manche Leute lachten, manche kriegten einen Schreck und waren beschämt, doch kaum hatten sie alle den Laden endlich verlassen, ging der Pastor zum Tresen und verlangte 'ne Flasche Sherry, angeblich für seine Frau, den habe ihr der Arzt verschrieben, wegen des niedrigen Blutdrucks. Der Pastor fasste die Flasche mit spitzen Fingern an, wie 'n Stück verfaultes Fleisch. Und das wiederholte sich einmal die Woche.»

Mag sein, sagt Katrin, das würde auch nur bestätigen, dass Island ein komisches Paralleluniversum ist. Gerade einmal dreihunderttausend Einwohner, doch lauter Künstler, so was kommt nicht von ungefähr, dass sich alle mit Film, Musik oder Schreiben befassen und dass nur die paar, für die keine staatlichen Bleistifte, Gitarren oder Kameras übrig sind, richtig ackern müssen, aber selbst die sind nebenbei noch künstlerisch tätig, und wenn sie abends bloß ihre kleinen Fjordaquarelle malen. Hier in Berlin geht man

abends nur in die Kneipe oder liegt zu Hause vor der Kiste und zieht sich Sitcoms, Fußball oder Pornos rein.
In Island stehen die Menschen, sagt Katrin, immer noch in Verbindung mit der Natur, mit der Erde, sie sind keine Christen, das sei es überhaupt, Christen sind sie nicht, höchstens auf dem Papier, in Wirklichkeit nehmen sie keine Hostien zu sich, sondern Schnee, das wusste Katrin von Björk, die als kleines Mädchen den Wetterfrosch machen wollte, dann aber Pop-Sängerin wurde. Und es spielt gar keine Rolle, ob man Bier trinkt, Koks nimmt oder Schnee isst wie Björk, die mit dieser Methode zur Natur zurückfindet. Hauptsache, man bleibt sich treu. Ein Individuum. Ein Original.
«Original wie echtes Budweiser.» Gunnar trinkt aus, langt in den Kasten nach einer neuen Flasche und zieht die nächste Alkladen-Geschichte aus dem Hut.
«An dem Tag, als es auch in Island offiziell erlaubt wurde, Bier zu verkaufen, das mehr als 2¼ Prozent Alkohol hatte und am Glasrand Schaumringe hinterließ, da hatte ich gerade Dienst. War das ein Ereignis. Unser Laden wurde sogar vom Reporter einer schwedischen Zeitung und von einem dänischen Fotografen belagert. Die beiden warteten auf den ersten Kunden, der Bier kaufen wollte, um ihm Löcher in den Bauch zu fragen. Als Erstes kam aber der Maler, der wieder mal Eierlikör wollte, weil sein Magen irgendwie so verstimmt sei. Er kaufte die Flasche, machte sie noch im Laden auf, trank einen Schluck und rieb sich den Bauch, wie immer, wenn er sich besser fühlte. Dann verließ er den Laden, machte fünf Schritte, fiel um – und war hinüber. Wir hatten es gar nicht mitbekommen, weil der Laden mittlerweile regelrecht gestürmt wurde, alle waren sie scharf auf das alkoholhaltige Bier, das auf dem Glas Schaumringe

malt ... Aber weil jeder Mensch – selbst der ärmste – bei uns versichert ist, hatte auch unser Maler eine gute Lebensversicherung und ein lange im Voraus verfasstes Testament. Darin stand, von dem Versicherungsgeld solle eine Stiftung gegründet werden. Und mein Chef bekam von dieser Stiftung dann ein Malerstipendium, so kehrte er dem Laden den Rücken zu.»

Gerade daran sehe man deutlich, sagt Katrin, dass sich die Isländer an keine Konventionen gebunden fühlen, höchstens an Versicherungspolicen, und darin sei die isländische Kreativität begründet, diese Suche nach neuen künstlerischen Formen. So dürfte es auch niemanden überraschen, dass ausgerechnet dort das weltweit erste Penismuseum eröffnet wurde. Auf diese Idee würde zum Beispiel kein Deutscher kommen.

«Und ein Tscheche wohl auch nicht, trotz seiner handwerklich begabten Tschechenhände, die so flink schnuckelige Škodas zusammenschrauben.» Katrin dreht sich grinsend zu mir um, aber ihr Blick und ihr Mund fixieren jeweils einen anderen Teil des Kosmos, nicht die Mitte meines Gesichts. Ich weiß nicht, warum sie von Island ausgerechnet Mitteleuropa angesteuert hat. Aber das passiert nicht zum ersten Mal. Katrin hat einfach Lust, ein bisschen herumzuzicken.

«Meine Tante war Kommunistin.» Auch Thorir peilt die Mitte Europas an. «In den sechziger Jahren hat sie in Leipzig Germanistik studiert, weil die Arbeiterbewegung in Nordeuropa von den ostdeutschen Kommunisten unterstützt wurde. Meine Tante kannte nichts anderes als die Bewegung, sie hat nie geheiratet und sich immer nur engagiert und engagiert. Vor solchen Weibern haben Männer auf der ganzen Welt Schiss. Sie kaufte ausschließlich Ost-Autos und war schwer begeistert von ihnen, sie waren wirklich wahnsinnig billig, aber lange hielten sie nicht, noch heute hat sie etwa sechs fahruntüchtige Modelle auf dem Hof stehen, sie stehen im Regen oder werden eingeschneit, aber meine Tante will sie auf keinen Fall verschrotten lassen, als ob diese sechs Autos ihr ganzes Leben darstellten ... Katrin, ich glaube, an allem ist die Sonne schuld», fasst Thorir zusammen.

«Was?»

«Na, ich meine, dass uns die Kreativität von der Sonne diktiert wird, ein Langzeitmangel an Sonnenschein wirkt nämlich auf die Vorstellungskraft genauso wie die Einnahme von LSD, so steht es zumindest im *National Geographic.*»

«Und wie viele Penisse hat das Museum schon beisammen?» Katrin wendet sich an Theodora.

«Bereits 142. Und alles Säuger!», kommt die stolze Antwort, und zum ersten Mal an diesem Abend scheint sich Theodora nicht zu langweilen. Diese dralle kleine Isländerin mit schwarzem Haar, ungefähr Mitte vierzig, hat soeben eine Ausbildung als Cutterin angefangen.

«Schon drei mehr als bei meinem letzten Besuch», sagt Katrin.

«Ja, jetzt fehlen nur noch zwei Penisse. Vom Wal und vom Menschen. Aber Wale unterliegen strengstem Jagdverbot. Beim Menschen sollte es leichter klappen!»

Theodora zieht den Rauch tief ein und erzählt, dass der Kurator mit einem Apotheker befreundet sei, der es wohl nicht mehr lange machen wird, er habe bereits über heftige Schmerzen in der linken Brust geklagt. Das habe an sich zwar noch nichts zu bedeuten, denn die Isländer seien eine sehr gesunde Nation und er könne noch lange Jahre leben. Aber der Apotheker habe dennoch eine Erklärung unter-

schrieben, man möge nach seinem Tod das gute Stück vorsichtig amputieren und im Museum deponieren.
«Und der Museumsmensch, so 'n ehemaliger Farmer von den Ostfjorden, der immer reich und berühmt werden wollte, ist total happy, denn ganz Island munkelt, Gott habe den Apotheker mit einem außerordentlich langen und dicken Knüppel ausgestattet … Echt stark.»

Stark war das schon. Jetzt stehen wir auf der Straße, mitten in einer Sommernacht, und haben beide Kopfschmerzen.
Meine kommen nicht nur vom Grass, auch vom ganzen Gelaber über die Kunst, die das Leben wiedergeben und es unmittelbar berühren soll, genauso wie ein Schiff die Meeresoberfläche berührt, ja, so hat es, glaube ich, Thorir formuliert. Aber diese Kunst, die sie verehren, die ist so blass, so blutleer, so fern vom wirklichen Leben. Und nicht einer von ihnen würde für die Kunst sterben, so wie der Maler, der nach dem letzten Schluck Eierlikör umgefallen ist. Günter soll sie holen! Oder der Punk!
Katrins Kopfschmerzen rühren daher, dass sie viel zu viel von dieser Pseudokunst geschluckt hat, ich solle bitte ganz leise sein, dabei rede ich kaum – kennen wir uns wirklich nur so flüchtig?
Wir stehen auf der Straße, weil Katrin nicht mit der U-Bahn fahren will.
Ich winke ein Taxi heran.
«Zelterstraße, Prenzlauer Berg.»
Der Taxifahrer sagt: «Goodie.»
Katrin sagt nichts.
Der gelbliche Schlitten legt vom Bordstein ab, der Fahrer gibt Gas und bittet Katrin, sich anzuschnallen. Und ich

weiß, sie wird nach einer Weile den Gurt wieder ablegen, weil der Gurt sie fremdbestimmt, genauso wie das Alphabet unsere Wörter fremdbestimmt. Sie schnallt sich aus Prinzip nicht an. Ich habe große Lust, es laut zu sagen, um sie zu ärgern, so, wie sie mich mit dem Schwachsinn über die handwerklich begabten Tschechenhände geärgert hat, ich weiß gar nicht, wo sie das ausgegraben hat, jedenfalls hätte ich ihr in dem Moment am liebsten den Kopf in die Nordsee getaucht.

Im Radio wird das neue Buch eines berühmten deutschen Schriftstellers besprochen. Der Moderator ergötzt sich daran, dass der Schriftsteller ein neues Tabu gebrochen habe, indem er den Umgang mit der Vergangenheit mit einem verstopften Klo vergleicht. Man würde sie gerne loswerden, sie immer wieder herunterspülen, aber die Scheiße käme immer wieder hoch.

«Seit vierzig Jahren immer das Gleiche mit diesem Grass», sagt der Taxifahrer und macht den Kasettenrecorder an. Die Rolling Stones spielen Dylans *Like A Rolling Stone*, gerade irgendwo zwischen zweiter und dritter Strophe.

«Die Stones! Super!», piepst Katrin von hinten, die mich im Taxi immer nach vorne schickt. «Deine Klappe reicht für uns beide», erklärt sie dann.

Der dickliche grauhaarige Taxifahrer reibt sich die Wange. Seine Hand fährt mit einem leisen Rascheln über tiefe Furchen und stoppelige Erhebungen.

«Ja, ja, die Stones!» Er lächelt im Rückspiegel Katrin an, und mir fällt auf, dass an seiner rechten Hand der Mittelfinger fehlt.

Ich weiß, dass ihn Katrin an der Nase herumführt, sie hält die Stones für die langweiligste Band der Welt, von innen schon ganz vergammelt und immer wieder nur Hey, Hey,

Yeah! Yeah! herunterleiernd. Sie hört am liebsten Acid Jazz und Funk. Katrin tanzt gern, wiegt sich dabei sanft in den Hüften, und ich schaue ihr dabei gern zu. Ja, man könnte sogar sagen, es macht mich an, wie schon im *Club der Polnischen Versager*, als sie mit Pancho Dirk tanzte.
Der Taxifahrer kratzt sich in der Achselhöhle, dann unter der Nase. Er dreht sich zu Katrin um. «Bei ihrem ersten Deutschland-Konzert bin ich dabei gewesen. Das war in Köln, achtundsechzig oder neunundsechzig, so um den Dreh, Zahlen hab ich mir noch nie merken können. Aber eins weiß ich genau, es kamen dort mehr als hunderttausend Menschen zusammen. Im Fernsehen lief dann ein Interview mit Mick. Das war super: Er sagte, er findet die jungen Deutschen super. Und er hofft, die junge Generation, also wir, wird nicht so werden wie die alte, ich meine, wie unsere Väterchen. Und das sind wir ja auch nicht, oder? Da kann man Gift drauf nehmen, obwohl, bei den ganz Jungen weiß man das heutzutage auch wieder nicht genau, was? Ich meine diese Ossi-Skins, Lichtenberg und so, das sind doch totale Vollidioten, ab in die Fabrik mit ihnen! Der Reporter, so 'n oller Kerl, bestimmt hundert Jahre und mehr hat er aufm Buckel gehabt, sagte zum Schluss: Und dies wünscht den jungen Deutschen der Sänger Mick Jäger von den Rolling Stones! Jagger wirklich ausgesprochen wie Jäger! Jäger wie Jägermeister! Jäääger! Ihr könnt euch vorstellen, was für 'n Hallo das gegeben hat. Ein paar haben ihm damals 'ne Pulle Jägermeister in den Sender geschickt ... Aber junge Frau, schnallen Sie sich doch bitte an, man kann ja nie wissen ...»
«Jaja, keine Angst», beschwichtigt ihn Katrin, und ich weiß, sie schnallt sich gleich wieder ab, um sich nicht so eingeengt zu fühlen.

Der Taxifahrer fährt fort: «Aber dann, da war ich schon wieder in Berlin, da hat sich ein Radiosender so 'n Scherz erlaubt, totale Hörerverarsche. Sie gaben 'ne Meldung raus, die Stones würden ein Konzert geben, und zwar oben aufm Hochhaus vom Axel-Springer-Verlag. Der mit seinen Zeitungen ja nur über die Linken und die DDR hergezogen ist, DDR immer schön in Anführungszeichen, als gäbe es diesen Staat offiziell gar nicht, hätten die Ossis ja schließlich auch nicht selbst gewählt, nicht wahr. Also direkt aufm Dach von diesem Hochhaus sollte das Stones-Konzert stattfinden. Ich selbst hab's gar nicht mitgekriegt, aber 'n Kumpel hat mich angerufen, dem es wieder jemand anders verklickert hatte, wie ‹Stille Post› ist das gelaufen. Klar war die gesamte Stadt auf den Beinen. Die Kochstraße war voll mit Langhaarigen. Fast hätten wir uns alle den Hals ausgerenkt, wie wir in den Himmel kuckten, aber der blieb leer, nur Wolken und Flugzeuge. 'ne ganze Stunde lang haben wir so dagestanden, nichts passierte, nur vom Westen zogen schwere Regenwolken an … Aber junge Frau, also wirklich, schnallen Sie sich an. So 'n Auffahrunfall kommt schneller, als man denkt. Ein Wimpernschlag, und schon hat's rummms gemacht. Ich fahr jemand an, jemand fährt mich an, und schon haben wir den Salat …» Der Taxifahrer dreht sich wieder zu Katrin um.

«Jaja, 'tschuldigung, die Dinger gehen irgendwie immer von alleine auf», redet sie sich heraus, und ich weiß, sie lügt, von alleine geschieht in unserer Welt nichts, sie mag einfach keine Fesseln.

Der Taxifahrer erzählt munter weiter: «Sogar ein Typ aus Friedrichshain hatte von dem angeblichen Konzert gehört, alle jungen Menschen im Osten haben damals Westfunk gehört und sich Songs aufgenommen, die es nicht zu kaufen gab, der hat es also gehört und auch nichts Böses gerochen. Die Stones liebte der über alles, da knallten bei ihm die Sicherungen durch, schon rannte er zur Mauer, er wollte rüber, kucken, ob Jagger & Co. wirklich aufm Dach spielen. Es war ja das höchste Haus in der ganzen Stadt, ein kleiner Sprung in die Luft hätte vielleicht gereicht, mit etwas Glück ... Klar hat man ihn geschnappt, ihm ein paar Ohrfeigen verpasst, hier und da 'nen Warnschuss abgegeben, die Grenzer standen damals total auf Feuerwerk ... Bei ihm zu Hause beschlagnahmte man dann noch ein paar Stones-Platten, als Beweismaterial für einen gigantisch angelegten Schauprozess, der zum Schluss gar nicht stattfinden konnte, weil man ihn längst in der Klapse untergebracht hatte. Die Platten aber hat er nie zurückbekommen, die musste jemand von der Stasi eingesackt haben ... Verdammter Dreck, 'ne einzige Pfütze, und schon kann man das ganze Auto wieder polieren», regt sich der Taxifahrer auf und drückt den Hebel für die Scheibenwaschanlage herunter.

«Und das müsst ihr euch vorstellen, genau diesen Kerl hab ich neulich gefahren. Mit den Stones und dem Rundfunk ist er im Reinen, bloß den Bullen kann er nicht verzeihen. Seit anderthalb Jahren ist er heimlich hinter dem einen her, der ihn damals vor der Mauer geschnappt, geohrfeigt und in die Klapse gesteckt hat, er will es ihm heimzahlen, Stück für Stück.»

«Wie ist er überhaupt auf ihn gekommen?», frage ich.

«Der Name stand im Telefonbuch. Mittlerweile ist der damalige Mauerheld nur noch so 'n Opa, 'nen Hirnschlag hat der auch schon gehabt und humpelt deswegen, wohnt alleine in 'ner Platte in Hohenschönhausen. Unser Freund ist sogar bei ihm zu Hause gewesen, als Installateur verkleidet

und mit angeklebtem Bart, wie 'n Idiot kam der sich vor, in der Werkzeugtasche hatte er 'ne Rohrzange parat, damit er dem Alten eine verpassen kann, wenn er sich zum Lichtschalter umdreht, aber dann ist ihm der Plattenspieler aufgefallen, und erst recht die paar Vinylscheiben daneben ... Der Alte stellt ihm grad 'nen Kaffee hin, er fragt ihn, ob er sich mal seine Platten ankucken darf, und das muss man sich mal vorstellen, der hatte nur lauter Klassik, Mozart, Smetana und so 'n Pop, bloß mittenmang lachen unseren Freund zwei total abgewetzte Covers von den Stones an, *Aftermath* und *Beggars Banquet*, genau die gleichen, die ihm damals die Bullen weggenommen hatten.»
«Und, hat er den Alten kaltgemacht?»
«Er war plötzlich wie benommen, weil auf jedem Cover unten rechts so schwarze Punkte standen – damit stand fest, das waren wirklich seine Platten. Er langt also in die Werkzeugtasche, hält die Zange fest umklammert und sagt: Opa, so was hören Sie sich an? Der Alte sagt nein, nie und nimmer, das hätte er mal seiner Tochter geschenkt, aber die ist schon lange ausgezogen, sie sehen sich gar nicht mehr, verstehen sich nicht. Und wenn er so was gerne hört, soll er die Platten doch mitnehmen, für ihn sei das nix mehr, er ist ja sowieso auf einem Ohr taub! Unser Freund lässt die Zange also wieder fallen, trinkt den Kaffee aus und nimmt seine Platten mit nach Hause. Aber verziehen hat er ihm nicht, und eines Tages wird er ihn doch noch ins Jenseits befördern. Nee, nee, so 'n Hass, der frisst lange an einem. Erst mit dem Tod wird man den richtig los ...»
Katrin beugt sich nach vorne: «Ist doch spannend, was die Welt so bewegt. Die Oma von meinem Freund war Deutsche, in Jägerndorf ist sie mit 'nem Tschechen zusammengekommen, die Deutschen trinken Jägermeister, Sie und

dieser Typ, der den Alten auf dem Kieker hat, Sie lieben beide Mick Jagger, und die Tschechen und die Amis lieben Jaromír Jágr. Finden Sie nicht, dass die Welt total vernetzt ist? Das ist Globalisierung: Jeder von uns hat mit irgendwelchen Jägermeistern zu tun. Aber die Gurte, die drücken wirklich, seien Sie mir nicht böse, mir wird ganz übel von.»
Der Taxifahrer nickt, aber nur auf eigene Verantwortung! Sie habe ja Recht, den Jágr, den kennt er auch, Eishockey kuckt er regelmäßig, als Fan der Berliner Eisbären. Es habe ihm bloß Leid getan, dass die Tschechen die Deutschen bei der letzten Olympiade in die Knie gezwungen hätten, aber ehrlich gesagt: Was hätte man auch anderes erwarten können, wo die Tschechen seit Kriegsende so eine Wut auf die Deutschen haben.
Manche Deutsche haben seit Kriegsende eine Wut auf die Tschechen, einer von diesen Vertriebenen wohnt bei ihm im Haus, einmal im Jahr fahre der nach München zum Vertriebenentreffen, bloß nach Böhmen wolle er nie wieder, er hasse die Tschechen, lachende Bestien seien die. Sein Nachbar, sagt der Taxifahrer, habe kein Quäntchen Humor.
«Aber der tschechische Grimm ist schon stärker als der deutsche. Außerdem begeistern sich Deutsche mehr für Fußball, weil wir einfach nicht so schnell sind wie die Slawen. Weder beim Spiel noch beim Trinken. Deswegen gehen euch Hockey und Kriegshandwerk so prima von der Hand, weil ihr gut trinken könnt und aus dem Bauch heraus handelt. Und genau das wird uns damals im Krieg wie jetzt beim Hockey das Leben gekostet haben», spricht der Taxifahrer das Schlusswort.
Und ich beginne zu schwitzen, weil ich merke, wie Katrin in jene nachdenkliche und ironische Stimmung verfällt, die häufig ganz schnell in eine noch ätzendere Stimmung um-

schlägt, wie meistens, wenn es mit dem Sex oder mit der Party oder mit beidem nicht richtig geklappt hat.
Und ich habe mich nicht getäuscht: Katrin flötet, ich, ihr Prager Freund, habe schon lange wissen wollen, ob es stimmt, dass es unter den Berliner Taxifahrern viele ehemalige Stasileute gibt, und ob es dem Branchenimage schadet und wie er selbst dazu steht. Ich öffne schon den Mund, um etwas zu meiner Verteidigung vorzubringen, um mich für Katrins dümmliche Stänkerei zu entschuldigen, aber der Taxifahrer ist schneller. Er tritt auf die Bremse, flucht, und mit voller Wucht haut er mit der Faust aufs Lenkrad.
Ein weißer BMW hat unseren Wagen geschnitten. Es ist gerade noch gut gegangen.
Unser Fahrer schickt ihm noch einen Fluch hinterher, dann kratzt er sich mit seinen vier Fingern den mächtigen Bauch und zeigt auf das eckige Gebäude vom Ostbahnhof.
«Vor einem Jahr hab ich da beinah einen berühmten Schauspieler abgesetzt, diesen Peter Braun, der jetzt den deutschen Piloten in *Night Fighter* spielt. Habt ihr den gesehen?», fragt er.
Ich nicke zustimmend.
Ein klassischer Hollywoodstreifen über Piloten im Zweiten Weltkrieg. Ein bisschen Drama, ein bisschen Romantik, ein bisschen Luftakrobatik und ein paar abgeschossene Flugzeuge. Einer der Piloten ist schwarz, ein anderer, ein junger weißer Ami, ist fies, und wie durch Zufall verlieben sich beide in die gleiche Frau, die allerdings schon jemand andern liebt, und zwar den Chef der beiden. Eigentlich liebe ich solche Zufälle à la Hollywood. Aber die Musik ist das Letzte: schwülstige, öde Streicher.
Der Taxifahrer schnäuzt sich, putzt sich sorgfältig die Nase

und stellt das Funkgerät leiser, das ohnehin nur rauscht und stört.

«Als er einstieg, Potsdamer Platz, war's schon Mitternacht, und er total breit. Er sagte, er möchte zum Ostbahnhof, dort soll's 'ne Ausstellung über moderne chinesische Kunst geben. Worauf ich, nee, nee, da würde er wohl den Hamburger Bahnhof meinen, da hätte ich gerade was in der Zeitung drüber gelesen, über solche Sachen muss man als Taxifahrer bisschen Bescheid wissen, nicht?, aber jetzt wird's zu sein, er soll sich schön beruhigen, am besten bringe ich ihn in sein Hotel, wo er wohne, frage ich. Und da springt mir dieser Braun regelrecht an die Gurgel, ich sei wohl so 'n richtiger Klugscheißer, aber wer zahlt, der hat auch das Sagen, und ich sei sowieso nur ein Taxifahrer. Na, da hab ich ihm eine runtergehauen. Er verdrückte sich gleich in die Ecke und fing an zu plärren. Da sag ich ihm: Nicht heulen. Alles wird gut, solange er nicht ins Auto kotzt, da könne er nämlich sein blaues Wunder erleben. Aber als ich wissen will, wo er denn hinmuss, kriegt der so 'n Schiss, dass er nur noch rülpst und sich aus der Tür hängt. Ich hör's bloß auf die Bordsteinkante patschen. Na, wir standen direkt vor dem Festivalpalais, und ich stellte mir vor, hätte er das am helllichten Tag gemacht, das wär ein Ding gewesen, die Cardinale würde ihm von ferne zuwinken, ihn anlachen und dabei wer weiß woran denken, er aber würde gar nicht zurückwinken, weil er gerade kotzen muss. Inzwischen machte Braun die Tür aber wieder zu, bat mich um eine Zigarette und sagte, ich solle ihn bitte zu diesem Ostbahnhof bringen, er möchte nach Brest fahren, seine Familie stamme von da, und er sei noch nie dort gewesen. Und dann fragt er, ob ich auch in die Heimat meiner Vorfahren zurückwolle, und ich sag ja, es sei wichtig, die eigenen Wurzeln zu kennen.»

«Stimmt das auch wirklich?», frage ich kopfschüttelnd.

«Nein, aber ein guter Taxifahrer muss wissen, was die Kundschaft hören will. Meine Eltern sind aus Ostpreußen vor den Russen geflüchtet, ich weiß nicht mal genau, von wo. Der Braun sagt – und bekommt dabei richtige Hundeaugen –, ich würde ihn verstehen, und schon stürzt er sich auf meine Zeitung, die ich da auf dem Beifahrersitz liegen habe, er würde sie für mich signieren, mir seine Telefonnummer geben und mich in die Volksbühne zu seiner Premiere einladen. Da war ich echt platt. Jeder, der auch nur ab und zu mal 'ne Zeitung liest, weiß doch ganz genau, dass Braun in der Volksbühne seit zwei Jahren Hausverbot hat, wegen dieser peinlichen Hamburger-Werbung, für die er 'ne Menge Zaster kassiert haben muss. Die ganze Stadt war damals voll mit riesigen roten Billboards, auf denen Braun mit 'nem ketchuproten Mund ins amerikanische Familienrestaurant einlud. *Wir wissen genau, was Sie gerne essen* stand drauf. Man weiß ja, die Volksbühne ist 'ne unabhängige Szene, und so war das auch: Dieser Castorf, der den Laden sozusagen schmeißt und auch sonst nicht gerade zimperlich ist, hat ihn sofort vor die Tür gesetzt, von wegen er sei korrumpiert. Und so hab ich dem Braun noch 'ne Zweite verpassen müssen, er jammerte, als Künstler sei er ganz verloren, ausgepowert, keiner brauche ihn mehr, er müsse sich selbst finden und ich solle ihn verdammt nochmal schleunigst zum Ostbahnhof bringen. Ich sag, jaja, greif ihm in die Tasche, krieg raus, wo der wohnt, und lad ihn vor dem Hotel ab.

Aber am nächsten Tag hör ich im Radio, Peter Braun werde vermisst gemeldet, er sei weder im Hotel noch bei der Pressekonferenz von *Night Fighter* aufgetaucht, und keiner, weder sein Agent noch seine Frau, könnten sich das erklä-

ren. Also rufe ich bei der Berlinale an, ich wüsste, wo der Braun ist, in Brest nämlich, auf der Suche nach seinen Vorfahren, aber in der Zentrale wollte man mich nicht durchstellen, ich sei schon der Zehnte, der Braun irgendwo gesehen haben will, doch so 'n Quatsch wie ich hätte noch keiner erzählt, ich solle die Leitung nicht länger blockieren, und Karten könne man übrigens übers Internet reservieren.
«Hier hab ich seine Unterschrift!» Der Taxifahrer holt eine *B.Z.* vom letzten Februar aus der Seitentasche, als Aufmacher ein großes Foto, der Schauspieler lacht, er trägt Smoking. Darunter steht gekritzelt:
Night Fighter P. Braun dem besten Taxifahrer von Berlin.
Der Taxifahrer kuckt mich viel sagend an und sagt mit freundlichem Augenzwinkern: «Ja, manche, die jetzt bei uns sind, waren früher bei denen gewesen, aber alles nur kleine Fische. Beschatten, Abhören, Protokollaufnahme, mehr nicht, keine Attentate, keine wichtigen Kontakte nach ganz oben wie ihre Chefs, die jetzt Immobilienbüros besitzen oder Schießsportzentren leiten ... Die bei uns gelandet sind, das sind meistens anständige Jungs, auch wenn der eine oder andere immer noch 'ne leicht verdrehte Vorstellung von der Welt hat, das hätte ich schon gedacht, dass sie weltläufiger sind. Einer war zum Beispiel zwei Jahre auf Kuba, ein andrer in Prag bei der Botschaft, die müssen doch gesehen haben, dass die Sache nicht lief, oder? Und wenn sie in der Kneipe mit Politik anfangen, von wegen dass damals alles besser gewesen ist, dann sagen wir Wessis unisono, sie sollten doch die Klappe halten, wir wüssten ja, wie weit sie es mit ihrer DDR gebracht haben, und ob ihnen das jahrzehntelange Anstehen für ein paar Bananen nicht gereicht hätte? Oder die Toten an der Mauer, nicht wahr? Bei Musik oder Politik werden wir nie 'nen gemein-

samen Nenner finden, jeder von uns mag ein anderes Bier, und jeder von uns liest 'ne andere Zeitung, aber was das Taxifahren betrifft, da ist nichts zu beanstanden. Falls du das gemeint haben solltest. Als Fahrer sind die zuverlässig, keine Sorge.»

Katrin hört es nicht mehr, sie ist eingeschlafen. Und ich bin froh, anders sind ihre Stänkereien nicht zu stoppen.

Der Taxifahrer lächelt, dreht die Stones leiser und steckt sich eine Zigarette an: «Dein Mädel gefällt mir. Hübsch, und aufgeweckt dazu. Sie sollte bloß nicht so leichtsinnig sein, ich meine das mit dem Anschnallen ... ich hab schon richtige Massenkarambolagen hinter mir, und dass dabei keiner so richtig zu Schaden gekommen ist, grenzt eh an ein Wunder, den Finger hier hab ich mir bei so 'ner Aktion abgezwackt ... Und weißte, welches Lied da gerade im Radio lief?»

Ich schüttele den Kopf, keine Ahnung, muss passen.

«*Satisfaction* ... wenn ich es heute irgendwo höre, fängt der fehlende Finger gleich an zu jucken ... Pass auf dein Mädel auf, ja, die hat 'nen guten Musikgeschmack ... Übrigens heiße ich Harry, und wenn du mal 'nen schnellen und zuverlässigen Abholdienst brauchst, kannste mich anrufen.» Er fischt eine Visitenkarte aus der Seitentasche und reicht mir die Hand. Fester Händedruck, alle Achtung.

«Tagein, tagaus fährt Harry dich nach Haus», rezitiert er wie für einen Radiospot und stellt das Funkgerät lauter, damit es wieder rauschen und stören kann. Mit einem breiten Grinsen bremst er Prenzlauer Allee ab, direkt vor der riesigen Planetariumskuppel aus Blech, die Katrin immer an eine Geschwulst erinnert.

«Wenn man mit hundert Sachen vorbeiflitzt, merkt man das gar nicht», bemerkt Harry.

Die Reifen streichen sanft über das feuchte Kopfsteinpflaster, aus dem Fenster sehe ich lauter Scheinwerfer, Blinker und Blaulichter die gewölbte Wand entlanggleiten. Das Planetarium strahlt wie eine riesige Diskokugel, dreht sich immer schneller und hebt ab.

DER ZUG NACH HÖNOW

«Ich heiße Bertram»,

raunt mir auf der Treppe zum Bahnhof Senefelder Platz ein Typ in braunem Mantel zu, derselbe Typ, der sich ein paar Mal von mir hat was vorspielen lassen, der mir einmal durch sein Foul das Leben gerettet hat, der sehr wahrscheinlich von einem Zug dahingerafft wurde und dann für immer in der U-Bahn blieb.

Noch bevor ich etwas sagen, ihn mit Fragen überschütten kann, wer er eigentlich sei, wo er herkomme und wo er hinwolle, bringt mich sein Blick zum Schweigen. Er sagt, all das spielt keine Rolle mehr, er wünscht sich ein Konzert von uns, unsere Musik mag er, weil sie genauso mit der U-Bahn verbunden ist wie er. Wir sollen einfach für ihn spielen, ihm zur Freude und für alle Freunde. Zu seinem Geburtstag, in einer Woche.

«Ko-Ko-Konzert? Warum nicht, klar. Aber wo?»

Ich starre ihn mit offenem Mund an. Er sagt, auf einem U5-Bahnsteig am Alex, der nicht mehr genutzt wird. Er habe bereits alles geklärt. Wir brauchten nur noch ja zu sagen.

«Na ... klaro ... Das machen wir», sage ich und kann es immer noch nicht fassen.
Er sagt prima, dann sehen wir uns ja da, und weg ist er.
Noch bevor die Tür vom Probenraum hinter mir zugefallen ist, platze ich schon mit der Neuigkeit heraus: ein U-BAHN-Konzert auf dem Bahnsteig der U5.
Pancho Dirk kontert: «Ich hab auch Neuigkeiten! Die von Universal Music haben uns gesehen, du weißt doch, als wir in dem russischen Club gespielt haben, *Dom Kultury*. Und es könnte was werden. Das Demoband finden sie gut. Bloß gibt es einen kleinen Haken dabei ...»
«Mein Konzert hat auch 'nen kleinen Haken. Bestellt hat es so 'n Kumpel von mir, Bertram heißt der, alter Rocker, der unerkannnt bleiben will. Gilt auch für euch.»
«Bertram – das ist hierzulande kein gängiger Name. Vielleicht ist das 'n Trick vom Fernsehen, so was wie *Versteckte Kamera*, verstehste, so 'ne Art Provokation. Vielleicht wollen die testen, was wir dann so anstellen, was für Gesichter wir machen. Gibt's Knete für? Wer macht die Werbung, und kommen überhaupt irgendwelche Leute?», sorgt sich Pancho Dirk.
Ich nicke, alles in Ordnung, ich habe bereits 300 Euro als Vorschuss bekommen. Und 300 gibt es nachher.
«Na, dann gibt's nichts mehr zu grübeln. Mein Haken ist auch ganz läppisch. Die Firma möchte die Songs etwas frisiert und anders verpackt haben, statt Gitarre Keyboard, nur stellenweise, versteht sich, kurzum, das Ganze in etwas verjüngter Form. So haben sie's formuliert.»
«Na da scheiß ich drauf! Wir sind doch keine Roboter!» Atom flippt aus. «Stand denn etwa Technoprojekt auf dem Demo? Stand da Scooter drauf? Sind wir etwa Scooter!?! Wir sind U-BAHN! Und wir spielen Punk-Rock! Oder zu-

mindest so was Ähnliches wie Punk-Rock! Haste nicht anfangs was von Position gequasselt, sag mal?»
Ich muss zugeben, dass Atom Recht hat. Aber Pancho Dirk auch. Er will endlich Erfolg haben, er will weiterkommen, er will mehr Frauen an Land ziehen. Und ich bin dem Erfolg genauso wenig abgeneigt. Aber bevor wir als Scooter für die *Bravo*-Girlies auftreten, trete ich lieber gar nicht auf.
Atom erklärt, wenn das Ganze in diese Richtung gehen soll, macht er Schluss, das eine Konzert noch, dann ist Schicht, Schluss und tschüs. Er hat auch schon was Neues in Aussicht: Der Schlagzeuger von Pozor vlak! muss sich nämlich einer Langzeittherapie unterziehen, weil er unter Angstzuständen leidet.
«Und wie sieht es mit dir aus?» Pancho Dirk schaut mich an.
Ich zucke mit den Schultern und bitte um Bedenkzeit.

Während ich nachdachte, hat jemand in der Stadt Plakate ausgehängt:

U-BAHN in der U-Bahn. Die unerträgliche Bitterkeit des Seins. Musik für Lebende und Tote. Bahnhof Alexanderplatz, 5. August 2002, 18 Uhr, Bahnsteig U5. Den Pfeilen nach.

Es kamen eine Menge Leute zusammen. Pancho Dirk freute sich, weil auch zwei Fernsehteams darunter waren, er schrieb es dem steigenden Interesse an unserer Band zu, es mag aber auch daran gelegen haben, dass in den Nachrichtenredaktionen gerade die große Gurkensaison eröffnet wurde. Pancho Dirk war nervös. Er wusste nicht, welches T-Shirt er anziehen soll, und lauerte ständig auf eine versteckte Kamera.

Wir nahmen den Platz unter der Treppe in Beschlag, das Bahnhofspersonal stellte am Rande des Bahnsteigs Absperrungen auf, damit keiner auf die Gleise fällt, obwohl hier gar keine Züge durchfahren, so großzügig haben sie diesen Bahnhof gebaut.

Pancho Dirk fragt, wann wir anfangen sollen, es ist bereits sechs, ob dieser Bertram schon da sei, und ich sage, lass uns jetzt gleich anfangen, Bertram kommt immer zu spät und meistens geht er, bevor wir zu Ende gespielt haben.

«Hey, wir sind U-BAHN, Musik für Lebende und Tote. Das erste Stück heißt *Tunnel*», schreit Pancho Dirk, der sich schließlich für ein T-Shirt mit rotem Kreuz und eine schwarze Brille entschieden hat. Der erste Song landet im Publikum und kommt besonders beim weiblichen Teil sofort an, die Frauen hören auch später nicht auf zu tanzen. Mitten im Menschenauflauf taucht Günter auf, daneben steht Katrin mit Papa und Mama, die so enthusiastisch applaudiert, dass man glatt denken könnte, das Konzert sei für sie.

«Das ist ein Geburtstagskonzert für Bertram. Alles Gute!», spreche ich meinen Glückwunsch ins Mikro. Und Pancho Dirk legt mit dem nächsten Song los, er heißt *Die Stadt*:

Die Stadt bewegt sich
Weiter und weiter bewegt sie sich
Ich versuch sie zu fangen
Und spür nur ihr Zittern

Noch bevor ich beim Refrain angelangt bin, entdecke ich auf dem Bahnsteig Bertram. Seine Augen blitzen in der Menge auf, leuchten wie immer wie Taschenlampen. Bertram wiegt sich hin und her, und man merkt, er fühlt sich

gut, genau so muss er sich das Ganze wohl auch vorgestellt haben.
Atom peitscht den Rhythmus voran, Pancho Dirks Bassgitarre dröhnt, und meine Gitarre legt einfache melodische Akkordreihen darüber. Der Bahnsteig kommt in Schwung, der ganze Bahnhof wirbelt um uns herum und mit ihm die gesamte Unterwelt, alles wird immer schneller, und am gegenüberliegenden Bahnsteig sehe ich die U5 nach Hönow anhalten, der lange gelbe Schlauch ist leer, keiner steigt ein, alle starren uns an, die U-BAHN-Band, die die U-Bahn aufwirbelt.
Wir beschleunigen, die Unterwelt fängt an zu rotieren, und plötzlich sehe ich Bertram in den leeren Zug gegenüber einsteigen, er setzt sich hin und lacht, ich möchte sofort das Karussell verlassen, plötzlich wird sonnenklar, dass er wegfährt, um nicht zurückzukommen, denn Hönow ist das Ende der Welt, ein paar Plattenbauten, ein Teich und sonst nichts, nur ein langer weiter Horizont.
Ich möchte abspringen, den Verstärker ausmachen und Bertram hinterherrennen, aber ich kann gar nichts tun, außer diesen Refrain zu singen, und das macht mich traurig:

Ich wohn auf dem Berg, doch ich kann nichts sehen
Ich wohn in 'ner Straße ohne ein Haus
Ich fahr mit der Tram immer weiter nach unten
Und suche die Wahnsinns-Adresse

Der Zug fährt ab, und Bertram sitzt drinnen. Man sieht, dass er nicht traurig ist, eher froh, weil das hier ein Ende hat, weil dieser Zug nach Hönow fährt, und es ist eben nicht der leere Geisterzug aus Günters Erzählung, in dem

diejenigen befördert werden, die mit keinem anderen Zug fahren können.
Bei Bertram scheint es anders zu sein.

Nach dem Konzert kommen Fernsehleute auf uns zu. Pancho Dirk will wissen, ob es sich um eine Sendung der *Versteckten Kamera* handelt, eine tolle Idee, sagt er, das mit dem Konzert. Der Journalist versteht nicht die Bohne, er sei von der Nachrichtenredaktion, teilt er uns mit und fragt Pancho Dirk, warum die Band U-BAHN heiße, wessen Idee das gewesen sei, in der U-Bahn ein Konzert zu geben, und worin unsere Kundera-Inspiration bestehe.
Pancho Dirk sagt, nirgendwo in Berlin sei die Stadt so interessant, so schwer im Wandel und in Bewegung begriffen wie hier unten, das ziehe uns an. Das Konzert sei die Idee eines Freundes gewesen, und was Kundera angeht, habe er doch so treffend den inneren Zerfall des Sozialismus beschrieben, und so versuchten wir, den Zerfall dieser Stadt zu beschreiben. Toll hat er sich das zu Hause vor dem Spiegel zurechtgelegt.
Katrin flüstert mir zu, das Konzert sei super gewesen, und gibt mir einen Kuss. Sie reicht mir einen Umschlag mit dreihundert Euro, den habe ihr so ein komischer Typ gegeben, ganz blass und grau sei der gewesen, das sei für uns mit den besten Grüßen. Ich suche den Umschlag nach irgendeiner Botschaft ab, nach einer Chiffre, einer Erklärung für Bertrams Verschwinden, finde aber nichts.

Am nächsten Morgen, beim Frühstück, legt mir Katrin die Arme um den Hals und sagt, sie müsse mir etwas erzählen, etwas ganz Wichtiges: «Jetzt ist klar, dass ich das Island-Stipendium kriege. Heute kam ’ne Mail aus Reykjavik.»

Sie sagt, sie sei ganz happy, die Bewilligung gelte zunächst für sechs Monate, danach könne man wohl verlängern, und wenn ich Lust hätte, könne ich mitkommen, das Geld sei großzügig bemessen, ich könne sogar etwas Isländisch lernen. Sie will wissen, ob ich mich freue, und ich sage, klar, total, große Klasse, dass es geklappt habe, und wann genau sie denn fliege. In einem Monat schon, erwidert sie, nun ginge es Schlag auf Schlag.

Bis dahin könne sich noch einiges ändern, erwidere ich und gieße mir Kaffee nach.

«Was meinste damit, ändern?» Katrin runzelt die Stirn.

Was ich denn meine, was ich denn meine, was ich denn meine. Das meine ich: Und wieder erzähle ich von unserer Band und von der möglichen Platte und vom kommenden Herbst, der in Berlin ganz im Zeichen der U-BAHN stehen soll, zumindest sei Pancho Dirk fest davon überzeugt, und ich eigentlich auch. Prag erwähne ich mit keinem Wort, und meine Gedanken auch nicht.

Katrin sagt spitz, diese Entscheidung könne mir nun keiner abnehmen. Es klingt so, wie wenn Holz zersägt wird und eine Wolke Sägemehl in die Luft steigt. Katrins Worte klingen so, als ob sie das Sägeblatt für mich bereits geschärft hätte.

Sie setzt sich auf meinen Schoß, beißt mich ins Ohr und knöpft mir die Hose auf.